© 2021 Florian Fink Auflage 2

Herstellung und Verlag:

BoD – Books on Demand, Norderstedt

Illustration: Florian Fink

Coverbild: Florian Fink

ISBN 978-3-7534-2289-3

Florian Fink

Die Zeitreiseuhr

Teil 2: Der Fall von Byzanz

4

Kapitel 1

Rückblick

Nachdem Timo im Unterricht Florian auf die Idee von einer Erfindung gebracht hatte, wandelte er diese in die Tat um. Bei der Erfindung handelte es sich um eine Uhr, wo eine Zeitmaschine eingebaut war, eine Zeitreiseuhr.

Bei dem ersten Test dieser Uhr landen beide Freunde in Konstantinopel und zwar im Jahr 330. In dieser Zeit regiert Konstantin, der Große, einer der berühmtesten byzantinischen Kaiser, die es je gegeben hat. Dieser herrschte auch noch im gesamten römischen Reich.

Diesen lernen sie aber unter rauen Umständen in seiner Residenz kennen. Nach dieser rauen Begegnung werden Timo und Florian sogar in ein Legionärsausbildungslager gesteckt, um zu römischen Kriegern ausgebildet zu werden. Und dort lernen sie den späteren Kaiser Constantius II. kennen. Allerdings als Caesar im Alter von 13 Jahren. Mit ihm freunden sie sich auch an und er hilft ihnen bei der Ausbildung zum Legionär. Dieser glaubt aber am Anfang noch, dass sie aus dieser Zeit stammen und aus Konstantinopel kommen. Dies ändert sich aber, als Timo und Florian sich beschließen, ihm die Wahrheit zu sagen. Er nimmt es auch später überraschend gut auf und will noch mehr von der Zukunft wissen. Timo und Florian erzählen ihm aber nichts Weiteres von der Zukunft.

Später kommt es dann auch noch zu einer Schlacht, in der Timo und Florian richtig kämpfen müssen. Aber diesen Kampf nutzen die Beiden aus, um wieder in das Jahr 2015 zu reisen. Und diese Reise treten sie dann auch vor den Augen ihres Freundes Constantius an.

Um das Verschwinden von Timo und Florian zu erklären, lügt er seine Legionäre an und diese glauben dem späteren Kaiser, während sich Timo und Florian in Florians Zimmer im Jahr 2015 befinden.

In Florians Zimmer

Florian und Timo saßen am Schreibtisch und bearbeiteten ihren Aufsatz über Konstantin I. Sie hatten schon eine ganze Seite verfasst. „Haben wir auch wirklich nichts vergessen?", fragte Timo unsicher. „Nein, haben wir nicht. Aber wenn du mich ständig unterbrichst, dann vergesse ich etwas", antwortete Florian. In diesem Moment schepperte es laut und dies ließ beide aufschrecken. Florian drehte sich zum Schrank um und sah, dass ihre römischen Rüstungen sich selbstständig gemacht hatten und aus dem Schrank gefallen waren. „Oh nein! Unsere römischen Rüstungen!", sagte er entsetzt. „Florian! Was hat da eben gerade gescheppert?", rief die Mutter hoch. „Es ist nur etwas umgefallen!", rief Florian runter. „Dann stelle es wieder hin!", forderte die Mutter von unten. „Ja, mach ich!", bestätigte Florian. „Flo, ich glaube die Rüstungen können doch nicht hier bleiben. Wenn sie aus dem Schrank fallen, während deine Mutter hier oben putzt, wird sie sich fragen, wo die Rüstungen herkommen. Und dann kriegst du mächtigen Ärger", erklärte Timo. „Ja, du hast Recht", sagte Florian und zog sich seine Rüstung mit Geklapper an. „Ähm, was hast du denn jetzt vor? Du wirst doch wohl nicht etwa …?" Timo brach dann wieder ab. „Doch, ich bringe die Rüstung zurück in das Jahr 330 und verstaue sie", sagte Florian. „Aber Flo, da war doch gerade diese Schlacht im Gange, vor der wir geflohen sind!", warnte Timo. „Ich weiß und deshalb befördere ich mich einen Monat später in diese Zeit und da wird, denke ich keine Schlacht mehr sein", dachte Florian. „Da wäre ich mir nicht so sicher. Es gab mal eine Schlacht, die über 100 Jahre lang ging. Das war der so genannte Hundertjährige Krieg. Der ging von 1337-1453. Und im Jahr 1453 war auch der Fall des byzantinischen Reichs", erklärte Timo. „Okay, aber ich werde es trotzdem probieren. Ich kann mich ja schnell wieder hierher befördern, wenn diese Schlacht noch im Gange sein sollte", sagte Florian und stellte seine Zeitreiseuhr ganz genau ein. „Warte mal. Bevor du jetzt abreist. Bist du sicher, dass du dann auch wieder genau dort landest?", fragte Timo. „Mache dir darüber keine Sorgen. Das werde ich", bestätigte Florian. „Dann passe bloß auf dich auf", sagte Timo. „Das werde ich."

Und schon war Florian mitsamt seiner Rüstung wieder verschwunden. Er landete im gleichen Wald, an derselben Stelle wo sie sich vor kurzem zurück in die Gegenwart befördert hatten. Florian konnte von weitem tatsächlich noch die Schlacht hören und entschied sich schließlich, sich noch einen Monat weiter zu befördern. Aber auch da hatte er wirklich Pech und so entschied er sich in das Jahr 337 zu reisen, um dort die Rüstung an einen sicheren Ort zu bringen. Dort hatte er dann auch Glück.

Timo dagegen wartete sich schon einen Wolf. „Mann! Wo bleibt er denn?" Kaum hatte Timo diese Worte ausgesprochen, schon tauchte sein Freund wieder ohne Rüstung auf. „Verdammt Florian, warum hat das so lange gedauert?", fragte dann Timo. „Nun ja, das Schlachten länger dauern, damit hattest du Recht. Ich habe meine Rüstung dann in das Jahr 337 gebracht", antwortete Florian. „Aber um eine Rüstung zu verstauen, da braucht man doch keine 2 Stunden. Warum hat das so lange gedauert?", fragte Timo. „Das ist jetzt Nebensache. Deine Rüstung bringe ich jetzt auch dahin", sagte Florian, schnappte sich Timos Rüstung und verschwand mit einem Knopfdruck und Blitz.

„Irgendetwas verheimlicht er mir", verdächtigte Timo. „Macht ihr auch fleißig eure Hausaufgaben?", rief die Mutter hoch. „Ja! Machen wir", rief Timo runter. Sein Blick ging anschließend auf eine Schublade, wo eine Ecke von einem Blatt hinausragte. Er öffnete diese und fand anschließend einen ganzen Stapel Zeichnungen vor. Timo nahm sich ein paar Zeichnungen und schaute sich diese an. „Oh, das ist ja eine Zeichnung von einer Zeitreiseuhr. Dieses Modell sieht aber irgendwie geiler aus." In diesem Moment gab es einen Blitz und Florian tauchte wieder auf. „Timo! Was machst du da mit meinen Privatsachen!", ertönte Florians Stimme. „Ähm … nichts", sagte Timo schnell. „Mensch Timo, das solltest du eigentlich nicht sehen", ärgerte sich Florian. „Warum denn nicht? Die Zeichnungen sind doch wirklich toll", lobte Timo. „Ich weiß. Zeichnen ist doch auch mein zweites Hobby. Das mache ich genauso gerne, wie Sachen zu erfinden", sagte Florian. „Dieser eine Entwurf von der Zeitreiseuhr sieht viel cooler aus, als die Uhr, die du erfunden hast", lobte Timo. „Das war das Vorgängermodell", log Florian. „Was! Aber für ein Vorgängermodell, sieht dieses Teil viel zu cool aus. Warum hast du eigentlich nicht diese Version gebaut?", fragte Timo neugierig. „Das hätte viel länger als drei Wochen gedauert. Wenn ich diese Uhr gebaut hätte, wärst du nach drei Wochen richtig enttäuscht gewesen", antwortete Florian. „Ach so, verstehe. Du hast mich ja drei Wochen auf die Folter gespannt, was ich nicht gerade toll fand", gab Timo zu. „Aber es hat sich gelohnt", sagte Florian und tippte auf seine Zeitreiseuhr.

Sie arbeiteten dann noch an ihrem Aufsatz weiter und irgendwann neigte sich der Tag zum Ende und Timo ging beim Schein der Straßenlaternen nach Hause.

Florian aß mit seinen Eltern dann eine Pizza zum Abend und ging danach in sein Zimmer zurück. Dort setzte er sich dann auf sein Bett. „Ich hätte ihm vielleicht doch sagen sollen, dass ich mir die Kaiserkrönung von unserem Freund Constantius angesehen habe und ihm die Rüstungen gegeben habe. Aber dann wäre mein Kumpel bestimmt sauer auf mich und das will ich ja verhindern", redete Florian mit sich selbst. Er nahm sich anschließend die Zeichnung von der Zeitreiseuhr, die Timo vor ein paar Stunden noch in der Hand gehabt hatte und darauf kam ihm anschließend eine Idee. „Das ist es! Ich werde diese Uhr hier auch noch bauen und überrasche Timo dann. Die sieht nämlich wirklich viel cooler aus und passt auch besser zu meinem Charakter. Der Bau wird zwar vier bis fünf Wochen dauern, aber das ist mir jetzt egal. Und meine jetzige Uhr werde ich dann Timo schenken. Dann besitzen wir beide eine Zeitreiseuhr", plante Florian.

Anschließend wusch er sich und legte sich danach schlafen, denn am nächsten Tag musste er wieder früh morgens um 6 Uhr aufstehen.

Die Rache des Geschichtsfreaks

Der nächste Morgen begann wie üblich. Timo saß in der Vorhalle der Schule und las in der Liste der Herrscher des byzantinischen Reichs. „Mann, um ganz ehrlich zu sein würde ich wirklich gerne jeden dieser hier aufgelisteten Kaiser besuchen. Aber das ist echt unmöglich. Na ja, zwei dieser Herrscher kenne ich ja schon. Aber wie wird wohl Kaiser Julian in den Jahren 361-363 sein?", fragte sich Timo. Er blätterte weiter und stieß auf Kaiser Justinian I. „Dich werde ich auf jeden Fall noch kennen lernen", sagte Timo stolz. „Schaut mal, der Typ redet mit sich selber und schaut sich irgendeine dämliche Liste an", lästerte ein 12-jähriger Junge mit Kurzhaarschnitt. „Thomas, lass den armen Kerl doch in Ruhe. Der hat irgendeine psychische Macke. Er kann sich nur selber helfen", erwiderte ein Mädchen mit Pferdeschwanz und ging in Richtung Schulhof. „Hey! Ich hab keine Macke! Das sind Schulaufgaben. Ich … probe nur mein Referat", wehrte sich Timo und wendete sich wieder seiner Liste zu. „Justin II. Von 565-578. Wie wohl dieser Kaiser war?", fragte sich Timo weiter. „Pass auf, dass dich das Papier nicht frisst", sagte ein mittelgroßer Junge mit schwarzen

Haaren. „Ob das wohl ein Nachfahre des schwarz-
haarigen Legionärs ist? Hat ihm auf jeden Fall sehr
ähnlich gesehen", sagte Timo zu sich selbst und
schaute sich dann wieder die Liste an. „Herakleios,
610-641. Mann, die hören sich alle einfach nur spannend an. Aber bei diesem Kaiser wird es bestimmt
keine römischen Legionäre mehr geben. Das ist
schon im Frühmittelalter und der hatte bestimmt Ritter als Krieger", dachte Timo. Er ging weiter die Liste durch und stieß dann auf Kaiser Justinian II. „Oh,
Justinian II. Von 685-695 und dann noch einmal von
705- 711. Was wohl zwischen den beiden Regie-
rungsantritten war? Keine Ahnung. Das könnte man
zum Beispiel mal herausfinden." Er schaute weiter
und fuhr fort. „ Konstantin V. Dieser Kaiser regierte
von 741- 775. War sogar im Exil von 742-743 und
zwar in Phrygien. Was er da wohl gemacht hat und
warum er wohl im Exil war? Also den müssen wir
uns auf jeden Fall mal anschauen", sagte Timo zu
sich selber und kreiste den Kaiser mit seinem Füller
ein.

Und so ging es immer weiter bis er dann wieder auf
einen weiteren interessanten Kaiser stieß. „Konstantin VII. Regierte von 913-959. Ab 945 war er sogar
Alleinherrscher. Also den müssen wir uns auf jeden
Fall mal anschauen. Aber wer weiß, was uns in die-

ser Zeit wieder zustößt. Am Ende geht es uns genauso wie im Jahr 330 bei Konstantin den Großen und
der Typ steckt uns in ein Ausbildungslager für Ritter.
Ist durchaus möglich. Solche Alleinherrscher benötigen meistens neues Blut in der Armee. Aber egal.
Abenteuer ist Abenteuer", redete Timo mit sich
selbst und kreiste den Kaiser ein. Danach ging er
weiter die Liste durch. Nach einiger Zeit stieß er auf
den Kaiser Nikephoros II. „Nikephoros II. Kaiser
von 963-969. Also der Typ sieht so aus, wie man
sich einen richtigen König vorstellt, war Mitkaiser
von Basileios II. Okay, dann gab es da wohl mal
zwei Kaiser. Na ja, es gibt ja auch Gegenkönige.
Könnte man sich auch mal bei Gelegenheit anschau-
en, aber leider hat nur Florian die Zeitreiseuhr und
ich besitze keine. Sonst hätte ich mir das mal auf
Alleingang angeschaut und ich glaube Florian hat
bestimmt keine Lust dazu, sich nur im byzantinischen Reich umzuschauen und irgendwelche Kaiser
zu besuchen, die im Unterricht nicht behandelt werden", dachte Timo und wendete sich wieder der Liste
zu, die er sich jetzt weiter anschaute.

Außerhalb der Schule fuhr gerade ein Bus an und aus
diesem Bus stieg sein Rivale Tobias Hasenpflug aus.
Und natürlich waren seine beiden Kumpel Stefan
und Christoph mit von der Partie. „Mal gucken, was

15

unser Geschichtsfreak heute so mit sich schleppt, dass dann wieder schön im Mülleimer landet." „Mann! Die Nummer mit dem Mülleimer ist schon langweilig und hat einen meterlangen Bart. Hey Tobias, wir könnten sein Zeug doch mal ausnahmsweise nehmen und in eine dreckige Schlammpfütze schmeißen! Dann rastet der nämlich vollkommen aus", gab sein Kumpel als Tipp. „Ach Chris, wir wollen es doch nicht gleich übertreiben. Unser Geschichtsfreak ist zwar vollkommen gestört und bescheuert, aber ich denke ein Mülleimer mit verfaultem Obst reicht völlig", sagte Tobias und nahm seine Finger über die Nase und lachte. „Hey Kumpel, was machst du eigentlich mal wenn er irgendwann seine Faust gegen dich erhebt?", fragte Stefan. „Ach Quatsch! Der ist doch viel zu schwach auf den Knochen und zu bescheuert dafür! Das wird er nicht wagen", dachte Tobias und lachte.

Timo befand sich jetzt bei der letzten Liste der byzantinischen Kaiser, auf der sich nur noch zwei Kaiser befanden.

„Johannes VIII. und Konstantin XI. Das waren also die letzten beiden Kaiser des byzantinischen Reichs. Johannes VIII. regierte von 1425-1448 und Konstantin XI. regierte von 1448-1453. Sein Nachfolger war dann Sultan Mehmed II. Das muss eine echt üble Schlacht gewesen sein, als Byzanz fiel", las dann Timo und stellte sich diese Schlacht vor. Aber er wurde dann wieder aus seinen Gedanken gerissen.

„Wen haben wir denn da! Wenn das nicht unser kleiner Geschichtsfreak ist", sagte Tobias in gemeinen Worten und stand in großer Gestalt vor dem sitzenden Timo, der sofort seine Listen in Sicherheit brachte. „Warum könnt ihr mich nicht mal in Frieden lassen!", fauchte Timo. „Habt ihr das gehört, Jungs. Wir sollen ihn in Frieden lassen. Er möchte seine blöden Listen studieren", erwiderte Tobias. Timo erhob sich anschließend mit einem roten Gesicht. „Oh mir schlottern ja schon die Knie. Sein Gesicht ist wutverzerrt. Was hast du denn jetzt vor? Willst du mir etwa in das Gesicht schlagen?", höhnte Tobias. Timo schubste Tobias dann zu Boden. Die anderen Schüler blieben plötzlich stehen. Einige liefen raus und brüllten: „Hey! Hier gibt's gleich eine Schlägerei!"

Wutentbrannt stand Tobias wieder auf. „Das hast du nicht umsonst gemacht, du kleine Kröte!", fauchte Tobias und schubste Timo zu Boden. Dieser rollte sich aber wieder auf. „Was zum Teufel …!" Und schon hatte er eine Faust im Gesicht und Tobias Nase blutete. „Na warte du Kröte!", knurrte Tobias und stürzte sich mit blutverschmiertem Gesicht wieder auf Timo. Dieser rollte sich raus und nahm sich einen dicken Stock, den er dann wie ein Schwert hielt und schlug diesen gegen Tobias rechtes Bein.

Von der Vorhalle aus hörte man Anfeuerungsrufe.
Mehrere Male flogen die Fäuste und man sah den
Stock elegant durch die Luft schwingen. Aus dem
Lehrerzimmer stürmten anschließend Lehrer nach
draußen. „Was geht hier vor?", fragte ein strenger
Lehrer. Er hörte dann einen lauten Schmerzensschrei
und sah Tobias zusammengekrümmt auf dem Boden
liegen, mit der Hand an seinem rechten Bein. Timo
stand nur da und zeigte mit seinem Stock auf Tobias;
diesen ließ er aber langsam wieder sinken und er fiel
mit einem dumpfen Schlag zu Boden. „AAAH!
Mein Bein!", jammerte Tobias und schrie dabei.
„Wer hat mit dieser Schlägerei angefangen?", fragte
der Lehrer streng. „Er!", sagte Tobias schmerzver-
zerrt und zeigte auf Timo, dem es dann richtig mulmig im Bauch wurde. „Sag mal, bist du verrückt geworden mit Stöcken auf einen Schüler zu schlagen!
Wir sind hier nicht bei den Gladiatoren! Sofort zum
Direktor, auf der Stelle!", forderte der Lehrer streng
und sein Gesicht pulsierte vor Wut. Timo musste
dann gehorchen und verließ das Schlachtfeld, was
hier der Parkplatz der Lehrer war. Noch mehr Lehrer
stürmten nach draußen. Zwei von ihnen trugen eine
Liege, auf die Tobias anschließend gelegt wurde.
Danach entschwanden die Lehrer im Krankenzim-
mer.

Florian stand fassungslos an der Ecke und starrte seinen besten Freund hinterher, wie er in der Tür zum Sekretariat verschwand. „Oh Timo, was hast du da verzapft", sagte Florian und nahm die Hand vor das Gesicht.

Vor dem Direktor

Timo saß auf der Bank und wartete, bis der Direktor ihm Einlass gewährte. In seiner Hand hatte er die Liste der Kaiser, die er aber dann zur Seite legte. „Oh Mann. Was hab ich da getan! Die schmeißen mich jetzt bestimmt aus der Schule", dachte Timo. Er wartete und wartete. Nach etwa einer halben Stunde hörte er einen Krankenwagen mit Sirene, der vor der Schule hielt. „Oh mein Gott!", sagte er, noch nervöser werdend. Es dauerte dann eine Weile und er hörte den Krankenwagen anschließend mit Sirene wieder wegfahren. „Ich bin am Ende! Erledigt! Ich habe meinen Rivalen krankenhausreif geschlagen. Hätte ich bloß nicht die Fäuste erhoben", regte sich Timo auf und nahm sich die Hände vor das Gesicht. Nach etwa zehn Minuten hörte er die Stimme seines Direktors. „Timo Schwarz! Eintreten! Sofort!", forderte er. Timo bekam nun Schweißausbrüche und eiskalte Hände. Er stand zittrig auf und betrat das vornehm eingerichtete Büro des Direktors. Überall hingen Urkunden an den Wänden. Es gab Fächer mit Büromaterial und Briefpost. An der hinteren Wand befanden sich Schränke mit Akten. Der Direktor war ein halbgrauer älterer Herr mit Krawatte, Fliege und

Anzug. Zusätzlich war er Brillenträger und vorne begann schon langsam eine Halbglatze. „Setz dich!", forderte er. Auf dem Tisch lag ein Zettel, den er sofort erkannte. Und eine Akte auf der der Name Timo Schwarz stand. Bei dem Zettel handelte es sich um einen Verweis. „Guten … morgen … Sir", stotterte Timo. „Timo Schwarz! Ich bin sehr überrascht! Ich hätte so etwas von dir nie gedacht!", sagte er mit kräftiger Stimme. „Warten Sie, Sir. Lassen Sie mich bitte erklären", bat Timo. „Da gibt es nichts zu erklären, Timo! Du hast den Schüler Tobias Hasenpflug so geschlagen, dass er ins Krankenhaus muss! Sein Bein ist angebrochen und muss wieder repariert werden! Das sind vier Wochen Aufenthalt im Krankenhaus! Was hast du dir eigentlich dabei gedacht! Ich kenne dich schon seit der 1.Klasse und es gab noch nie Probleme mit dir! In deiner bisherigen Schulzeit bist du nie übel aufgefallen! Ich weiß, dass Tobias Hasenpflug ein Problemschüler ist und andere Schüler hänselt. Deshalb hat er auch schon Ärger am Hals. Er hat aber noch nie irgendjemanden verprügelt und besonders nicht mit harten Stöcken!", brüllte der Direktor. „Sir, lassen Sie mich jetzt bitte erklären. Es ist jeden Morgen immer dasselbe. Ich sitze friedlich in der Pausenhalle und dann kommen sie. Das letzte Mal haben sie mir das Geschichtsbuch aus der Hand gerissen und in den Mülleimer geschmissen. Und dann drohen sie mir Prügel an, wenn ich sie verpetze. Und heute früh war es auch wieder dasselbe. Ich sitze friedlich in der Vorhalle und schaue mir die Liste an, die wir im Geschichtsunterricht bekommen haben. Wir nehmen gerade das Byzantinische Reich durch und wir müssen einen Aufsatz schreiben. Über drei Kaiser dieses Reichs. Diese Liste wollten sie mir wegnehmen und in den Mülleimer schmeißen. Ich wollte mir das nicht mehr länger ergehen lassen und habe mich gewehrt", erklärte Timo. Aber der Direktor ließ seine Erklärung nicht durchgehen.

„Du hast Tobias krankenhausreif geschlagen! Und das ist eigentlich schon strafbar! Du kannst froh sein, dass du noch nicht 14 Jahre alt bist, denn ab 14 ist man strafmündig und man hätte dich wegen Körperverletzung anzeigen können!" „Ich weiß. Es ist plötzlich über mich gekommen und ich konnte mich nicht mehr dagegen wehren. Und dann habe ich mich mit ihm wie in einer Arena in Rom geprügelt. Es tut mir leid. Es wird so etwas nie mehr vorkommen", versprach Timo. „Ich weiß deine Ehrlichkeit wirklich zu schätzen Timo, aber Verweis ist Verweis! Du weißt, dass man nach vier solcher Verweise von der Schule verwiesen werden kann!", erklärte der Direktor und gab Timo den Verweis. „Ich werde deinen Eltern über den heutigen Vorfall noch unterrichten! Und jetzt nimmst du deine Sachen und verschwindest schleunigst in den Unterricht!", forderte der Direktor. Timo nahm seine Sachen und verließ wieder das Büro. Danach marschierte er den Gang zurück und verließ diesen nach links.

Timo konnte sich in den ganzen Unterrichtsstunden nicht mehr richtig konzentrieren. Er musste ständig an den Vorfall am Morgen denken. Auch wenn er ihn immer geärgert hatte, war er daran schuld, das Tobias jetzt vier Wochen im Krankenhaus war. Timo versuchte am Ende der Schule alleine zu sein, aber das gelang ihm nicht, denn sein bester Freund Florian fing ihn ab.

„Verdammt noch mal, Timo! Was hast du dir eigentlich dabei gedacht, dich mit diesem Volltrottel wie in einer Arena von Kaiser Augustus zu prügeln!", schimpfte Florian. „Ich hab's übertrieben und das weiß ich auch. Was glaubst du wie viel Ärger ich jetzt kriegen werde, wenn ich zuhause ankomme! Ich kriege bestimmt für den Rest meines Lebens Stubenarrest. Und noch dazu muss ich garantiert auch noch Schmerzensgeld zahlen", erwiderte Timo. „Du hättest dich nicht wie ein Irrer mit deinem Rivalen prügeln sollen! Du hättest ihn einfach ignorieren sollen. Und jetzt hast du deinen 1. Verweis kassiert und noch viel mehr Ärger am Hals. Das hättest du dir alles ersparen können!", erklärte Florian in ernsten Worten. „Ich weiß. Das mit dem römischen Duell war absolut übertrieben von mir", gab Timo zu. „Okay, wir sehen uns dann vielleicht heute Mittag und dann können wir uns noch ausführlich darüber unterhalten", sagte Florian und verabschiedete sich. „Am besten reist du in die Vergangenheit und verhinderst das mit dem römischen Duell." „Nein, das tue ich jetzt nicht. Tut mir leid, aber das musst du jetzt selber ausbaden", gab Florian als Antwort. „Mist verdammter!", ärgerte sich Timo.

Hausarrest

Als Timo nach Hause kam, wurde er schon mit einem sauren Gesicht seiner Mutter erwartet. Ihre Stirn pulsierte vor Wut und schlug Falten. Sie schnappte Timo schmerzhaft am Arm und zog ihn in das Haus. „Aua!", jammerte dieser. „DU HAST JETZT EINE GANZE MENGE ÄRGER, JUNGER MANN!", zischte seine Mutter.

Anschließend schüttelte sie ihn kurz durch und fuhr danach fort. „Eben gerade hat mich dein Direktor angerufen und gesagt, du hast einen so verprügelt, dass er ins Krankenhaus eingeliefert werden musste! Ich kann's einfach nicht fassen! Mein Sohn fängt eine Schlägerei an, obwohl ich ihn dazu erzogen habe, so etwas nicht zu tun! **WAS IST NUR IN DICH GEFAHREN!** Was glaubst du, was dein Vater heute Abend mit dir machen wird!", schimpfte die Mutter und ihr Gesicht war knallrot. „Mama, lass mich bitte erklären!", bat Timo.

Aber auch sie ließ Timo nicht richtig zu Wort kommen. „Da gibt es nichts mehr zu erklären, Timo! Du hast jemand so verprügelt, dass er in das Krankenhaus muss! Du verschwindest jetzt sofort in deinem

Zimmer und kommst erst wieder runter, wenn ich dich rufe!", forderte die Mutter und zeigte mit dem Finger das Treppenhaus nach oben. Timo nahm sein Zeug und stampfte die Treppen hoch. Danach verschwand er in seinem Zimmer und schlug die Tür mit voller Wucht zu. „TÜREN WERDEN SCHON MAL GAR NICH GESCHMISSEN, FREUNDCHEN!", schrie die Mutter wutentbrannt nach oben.

In seinem Zimmer setzte sich Timo anschließend auf das Bett und vergrub sein Gesicht in den Händen. „Oh Constantius, was habe ich da nur angerichtet. Ich kriege mit Sicherheit für den Rest meines Lebens Hausarrest", redete Timo mit sich selber und blickte auf den Namen Constantius II. in seiner Herrscherliste. Danach legte er diese an die Seite und dachte nach. „Hätte ich doch bloß nicht die Kontrolle über mich verloren, dann wäre das alles nicht passiert. Aber Tobias ist ein Vollpfosten und ein Idiot! Nur jetzt liegt er im Krankenhaus und ich darf es ausbaden", redete Timo mit sich selbst. Er dachte dann an die Zeitreiseuhr, die sich bei Florian befand. „Verdammt! Hätte ich eine eigene Zeitreiseuhr, dann würde ich mich auf jeden Fall daran hindern, dieses blöde römische Duell mit ihm zu machen. Aber die Uhr ist bei meinem Kumpel, weil ja er nur eine hat", ärgerte sich Timo.

Es dauerte eine ganze Stunde, bis Timo wieder aus seinem Zimmer gerufen wurde. Das Gesicht seiner Mutter war immer noch wutverzerrt. „Ich wurde eben gerade von Tobias Hasenpflugs Mutter angerufen. Sie verklagt uns auf Schmerzensgeld!", fauchte seine Mutter. „Was! Wie viel?", fragte Timo richtig nervös. Ihm lief dabei der Angstschweiß eiskalt den Rücken runter. „400€! Aber wir werden das nicht zahlen, sondern du!", antwortete Timos Mutter gereizt. Ihre Stirn pulsierte jetzt richtig vor Wut. „Aber, von was soll ich das denn zahlen? Ich habe doch nur mein Taschengeld", fragte Timo. „Das wird dir gestrichen! Wir benutzen dein Taschengeld für die Zahlung des Schmerzensgelds! Das bedeutet für dich dann 6 Monate kein Taschengeld!" „Aber Mama!", regte sich Timo auf. „Keine Widerrede! Das hättest du dir vorher überlegen sollen! Hättest du dich an das gehalten, was wir dir gelehrt haben, dann wäre das nicht passiert!"

Timo brachte diesen Mittag so gut wie keinen Bissen runter. Als sein Vater von der Arbeit zurückkam, ging es erst richtig los. Er wurde noch mehr geschimpft, bekam eine mit der Hand hinter den Kopf und rund 4 Wochen Hausarrest aufgehalst. Und zusätzlich durfte er sich noch nicht mal mit seinem besten Freund Florian treffen. Nur in der Schule durfte er ihn sehen. So vergingen 4 Tage, die für Timo wie ein halbes Jahrhundert vorkamen. Ihm war schlicht und einfach langweilig. Zusätzlich musste er an Tobias im Krankenhaus denken, auch wenn er sein Rivale war. Ihm ging es jetzt noch wesentlich schlechter, denn niemand ist wirklich gerne im Krankenhaus.

Florian befand sich in seinem Zimmer und schraubte an einer neuen Zeitreiseuhr herum. Bei ihm verging die Zeit etwas schneller als bei Timo. Irgendwann klingelte sein Handy. Als er es in die Hand nahm, blinkte der Name Timo auf.

„Hi Timo", grüßte Florian. „Hi", grüßte Timo müde zurück. „Hausarrest ist echt doof, oder?", sagte Florian. „Das kannst du laut sagen. Es sind zwar erst vier Tage um, aber es kommt mir trotzdem wie ein halbes Jahrhundert vor", erwiderte Timo müde. „Das hast du dir alles selber eingehandelt. Wenn du diesen Idioten ignoriert hättest, wäre das alles nicht passiert. Dann könnten wir uns treffen und etwas mit der Zeitreiseuhr unternehmen. Nur so musst du jetzt leider im Haus versauern", erklärte Florian. „Ich konnte mich nicht mehr bremsen. Es war der Instinkt, den ich in der Schlacht im Jahr 330 hatte und der ist bei mir ausgebrochen", erklärte Timo. „Das ist mir schon klar. Zum Glück waren keine römischen Schwerter da, sonst hättest du Tobias wohlmöglich noch abgestochen", sagte dann Florian. „Also umgebracht hätte ich den ganz bestimmt nicht", erwiderte Timo schockiert. „Schon klar. So viel Kontrolle muss man schon über sich haben", sagte Florian. „Hausarrest ist auf jeden Fall voll ätzend! Wenn ich jetzt eine eigene Zeitreiseuhr hätte, wäre ich so ein bisschen durch die Zeit gereist und hätte den einen oder anderen Herrscher besucht. Auf der Liste, die wir von Frau Schwab gekriegt haben, habe ich ein paar Herrscher eingekreist, die ein Besuch wert sind", erzählte Timo. „Wen denn zum Beispiel?", fragte dann Florian. „Konstantin VII. zum Beispiel. Der war ab dem Jahr 945 Alleinherrscher im byzantinischen Reich. Oder Justinian II. Bei dem gibt es eine Lücke von 696-704. Ich frag mich, was der in dieser Zeit gemacht hat. Und dann ist da auch noch Konstantin V. Dieser Kaiser war im Exil von 742-743. Da frage ich mich, was der in dieser Zeit gemacht hat", antwortete Timo. „Die können wir ja mal bei Gelegenheit besuchen. Einen Kaiser müssen wir auf jeden Fall noch besuchen und das ist Justinian I. Den können wir jetzt aber leider erst besuchen, wenn dein Hausarrest vorüber ist", erklärte Florian. „Und, was machst du jetzt eigentlich so;

ohne mich?", fragte dann Timo. „Das, was ich immer tue. Ich baue an einem neuen Projekt", antwortete Florian. „Du bist doch nicht heimlich durch die Zeit gereist, oder?", fragte Timo und seine Stimme wurde strenger. „Wo denkst du denn hin? Ich reise doch nicht ohne dich durch die Zeit", antwortete Florian mit hoher Stimme. „Wirklich?" „Nein. Ich schwöre dir, dass ich nicht durch die Zeit gereist bin. Ich arbeite die ganze Zeit schon an meinem Projekt", bestätigte Florian. „Und was ist das für ein Projekt?", fragte anschließend Timo. „Das erfährst du erst am Ende des Hausarrests", antwortete Florian und grinste, wobei dies Timo nicht sehen konnte. „Willst du mich jetzt etwa schon wieder auf die Folter spannen?", fuhr Timo auf. „So ist es. Wir sprechen uns dann erst wieder am Montag", sagte Florian und beschleunigte sein Sprechtempo. „Willst du mir nicht einen kleinen Hinweis geben?", fragte nochmals Timo. „Nein. Ich muss jetzt wieder auflegen. Wir sprechen uns dann wieder am Montag. Mach's gut", verabschiedete sich Florian und würgte ihn einfach ab.

„Du bist mir echt ein toller Freund!", ärgerte sich anschließend Timo. Er wendete sich dann verärgert wieder seiner Liste zu. „Oh, Michael VI. Regierte von 1056-1057. Keine Anmerkungen über ihn. Der kann doch nicht so makellos gewesen sein. Niemand ist unfehlbar. Das müssen wir mal überprüfen", sagte Timo und kreiste den Kaiser ein. Es machte ihm aber dennoch nicht mehr so viel Spaß, wie am Vormittag, weil er ständig an seinen Arrest denken musste und an das gestrichene Taschengeld. „Ach, es hat doch alles keinen Zweck", sagte er dumpf. Und so legte er seine Liste an die Seite.

Als er in der Nacht schlief, konnte er wieder nicht gleich einschlafen und wurde wie in den letzten vergangenen Nächten von Albträumen geplagt. Er träumte zum Beispiel diesmal, dass er Tobias mit einem Schwert erstochen hatte. Schreiend schreckte er aus seinem Albtraum auf. Er blickte verwirrt umher und sein letzter Blick ging auf die Uhr, die 05:30 Uhr morgens anzeigte. „Oh Mann. Es ist erst 05:30 Uhr. Was für ein grauenhafter Albtraum. Ich halte das echt nicht mehr aus. Diese Träume treiben mich echt in den Wahnsinn", redete Timo verschlafen mit sich selbst. Er legte sich auf den Rücken, die Hände hinter dem Kopf und starrte zur Decke. „Dieses Gewissen treibt mich echt in den Wahnsinn. Das geht schon die ganzen 4 Tage so." Er schnappte sich sein Handy und rief seinen Freund an. Dieser ging sogar an das Telefon, wenn auch maulend und verpennt. „Jaaaah, wer ist da?", fragte er verschlafen. „Flo, ich bin es." „Timo? Du hast vielleicht Nerven mich so früh am Morgen anzurufen. Es ist erst halb sechs und heute ist Samstag. Was gibt es denn?", fragte dann Florian. „Ich hatte eben gerade einen grauenhaften Albtraum. Ich träumte, ich hätte Tobias mit einem römischen Schwert zu Tode gestochen", erzählte Timo. „Oh! Das klingt ja echt übel." „Das mit diesen Albträumen geht schon ganze vier Tage so", erklärte Timo. „Soll ich dir mal was sagen. Das ist dein Gewissen, was dich da plagt. Wenn ich du wäre, würde ich vielleicht mal Tobias besuchen, auch wenn er ein Idiot ist. Dann geht es dir und deinem Gewissen viel besser und dann hören auch deine Albträume auf", schlug Florian vor. „Ich soll meinen Rivalen im Krankenhaus besuchen? Der Kerl, der mir das Leben mit seiner Bande zur Hölle macht", fragte Timo. „Ja, das wäre mein Vorschlag. Da würde ich sogar mitkommen." „Ich habe aber noch über drei Wochen Hausarrest", sagte Timo. „Ich glaube, in diesem Fall werden sie bestimmt eine Ausnahme machen", erklärte Florian. „Okay, ich frage sie einfach mal. Aber ich möchte dann alleine ins Krankenhaus. Es ist ja schließlich meine Schuld, dass er dort liegt", erwiderte Timo. „Alles klar, Timo. Dann schlafe jetzt am besten noch ein bisschen und denke darüber nicht mehr nach", sagte Florian. „Okay, ich versuche es."

Krankenbesuch mit Folgen

Timo befand sich im Bus auf den Weg in die Stadt, wo sich das Krankenhaus befand in dem sein Rivale lag. Die ganze Fahrt über war ihm sehr unwohl im Bauch. Was würde sein Rivale wohl sagen, wenn er plötzlich bei ihm im Zimmer auftauchen würde? Dies würde Timo bald erfahren, denn nach zwei Haltestellen, befand er sich schließlich vor dem Krankenhaus. Der Bus hielt an und Timo stieg aus, während andere in den Bus einstiegen, die ebenfalls Leute im Krankenhaus besucht hatten. Darunter befand sich sogar zu allem Übel ein Freund von Tobias. Als er Timo sah sagte er: „Hey! Was hast du Geschichtsfreak hier zu suchen?" „Ich kann doch wohl Tobias besuchen", rechtfertigte sich Timo. „Es ist deine Schuld, dass er im Krankenhaus liegt! Du hast ihn so zugerichtet! Wenn er wieder aus dem Krankenhaus entlassen ist, dann kannst du dich auf was gefasst machen!", drohte der Freund von Tobias. „Ach, halt doch die Klappe! Euch geht es doch nur darum, andere zu demütigen, die viel schwächer sind oder anders ticken. Solche Leute wie du haben im späteren Leben keine Chancen!", wehrte sich Timo. Tobias Freund gab aber keine Antwort mehr sondern fuhr mit dem Bus wieder weg. Timo machte sich anschließend auf den Weg in das Krankenhaus. Der Eingangsbereich war sehr groß und in der Mitte befand sich die Information, wo mehrere Frauen am Empfang saßen. Zu einer dieser Frauen ging Timo dann hin. „Guten Tag, junger Mann. Wie kann ich dir helfen?", fragte die Frau, welche einen Kittel trug und lange, braune Haare hatte. „Ähm, wissen Sie wo ein gewisser Tobias Hasenpflug liegt?", fragte Timo höflich. „Warte mal einen kleinen Moment. Ich schaue mal nach", antwortete die Frau und ging zu den Patientenakten im Schrank. Als sie Tobias Akte herauszog und diese sich in ihrer Hand befand, setzte sie sich an den Computer. „Einen Moment noch", bat sie dann noch einmal. Nach einigen Sekunden sagte sie: „Tobias Hasenpflug liegt in der Abteilung der Chirurgie im zweiten Stock. Dort gehst du dann den Gang runter bis zum Raum 209 B. Dort liegt er. Du bist heute schon der vierte Junge, der ihn besuchen kommt", sagte die Frau freundlich. „Ich danke Ihnen", verabschiedete sich Timo und ging in Richtung Aufzug.

Timo konnte Krankenhäuser nicht ausstehen, genau wie den Geruch. Er konnte sich in seinen Rivalen hineinversetzen und wusste, dass dieser sich jetzt richtig dreckig fühlte. Als es im Aufzug ein zweites

36

Mal klingelte, stieg Timo nervös aus und betrat die Abteilung der Chirurgie. Er stand nun in einem langen Gang, in dem sich ab und zu ein paar ältere Menschen befanden, teilweise mit Krücke und teilweise mit Gehwägelchen. Er setzte sich dann langsam in Bewegung und lief den Gang entlang. Hier und da hörte man ein paar Lautsprecheransagen. Umso länger er sich im Gang aufhielt, desto nervöser wurde er. Und irgendwann sah er sie, die Tür zu Tobias Zimmer: Raum 209 B stand neben der Tür. Timo wurde nun ganz heiß, seine Hände schwitzten. Langsam näherte sich seine Hand der Türklinke und dann hatte er diese in seiner verschwitzen Hand. Langsam drückte er diese runter, die Tür quietschte und schwang langsam auf. Tobias lag in der Mitte des Zimmers. Die Betten neben ihm waren nicht besetzt. Sein Bein hing oben und lag auf einer gepolsterten Ablage. Eben gerade war er damit beschäftigt sich eine Sendung anzuschauen. Langsam betrat Timo das Zimmer, sein Herz pochte ihm bis zum Hals. Er brachte kein Wort heraus, so aufgeregt war er. Tobias drehte langsam seinen Kopf um und irgendwann blickte er Timo in das Gesicht. Sofort begann seine Stirn vor Wut zu pulsieren. „DU! DU HAST VIELLEICHT NERVEN HIER AUFZUKREUZEN! Was fällt dir ein, Geschichtsfreak!", fauchte er. „Ich

… wollte…" Timo brach dann ab. „Sieh dir an, was du angerichtet hast! Wegen dir bin ich hier im Krankenhaus und ich hasse Krankenhäuser noch mehr, wie ich dich hasse, du Freak! Wenn ich hier draußen bin, dann bist du dran!", knurrte Tobias. Timo wusste, dass so eine Reaktion von Tobias kommen würde, aber er blieb trotzdem im Zimmer, trotz der Drohungen seines Rivalen.

Eine Zeit lang herrschte Schweigen, doch dieses Schweigen wurde von Tobias gebrochen. „VER-SCHWINDE! ICH WILL DICH HIER NICHT SE-HEN!" „Es tut mir leid", fuhr es aus Timo heraus. „Wie war das eben gerade? Es tut dir leid! Du bist doch mit dem Stock auf mich losgegangen!" „Ich weiß, das war falsch von mir! Aber das wäre nicht passiert, wenn du mich mit deiner dämlichen Bande in Ruhe gelassen hättest! Du quälst mich schon seit der 4. Klasse und dabei habe ich dir nie etwas angetan. Ich bin anders als ihr, na und! Ich pflege andere Interessen als ihr. Das ist lange kein Grund, mich zu hänseln", erklärte Timo. „Du bist nicht normal! Kein Junge in deinem Alter verkriecht sich in der Vorhalle, um im Geschichtsbuch zu lesen! Du machst dich damit echt zum Gespött der ganzen Klasse. Was sage ich da, du bist ja schon das Gespött der ganzen Klasse! Und dann brauchst du dich nicht zu wundern, wenn du gehänselt wirst! Lege das dämliche Buch einfach mal an die Seite und verhalte dich wie ein normaler Junge. Passe dich einfach den anderen an und dann wirst du auch nicht mehr ausgelacht", erklärte Tobias. „Warum sollte ich zu einem werden, der ich nicht sein möchte? Das ist einfach nur Schwachsinn. Man sollte zu sich stehen und sich nicht zwanghaft verändern. Ich bin damit zufrieden, wie ich bin. Soll ich dir was sagen, Tobias. Um ganz ehrlich zu sein wollte ich dich eigentlich nicht besuchen, weil du einfach nur ein Fiesling bist. Es tut mir leid, dass ich das jetzt zu dir sage, aber es ist so. Aber ich habe es trotzdem getan, weil ich einige Tage mit solchen Albträumen zu tun hatte, wo ich dich zum Beispiel mit einem Schwert abgestochen habe. So denkt mein Inneres über dich. Es würde dich am liebsten umbringen. Aber um mein Gewissen zu erleichtern, bin ich hierhergekommen, weil es meine Schuld ist, dass du jetzt im Krankenhaus schmoren musst. Ich weiß ganz genau, wie du dich jetzt fühlst, weil ich selber Krankenhäuser hasse!", redete Timo. Einen Moment herrschte wieder schweigen, aber als dies zu Ende war, passierte etwas Unfassbares. „Na schön! Du hast ja Recht. Ich war nicht besonders nett zu dir und es tut mir leid", entschuldigte sich Tobias. „Siehst du, es funktioniert doch perfekt. Wir unterhalten uns jetzt schon fast wie Freunde und ich bin kein einziges Mal unnormal aufgefallen", erwiderte Timo. „Ist ja schon gut. Sag mal, wo hast du eigentlich plötzlich diesen Mut und Kampfgeist her?", fragte dann Tobias. „Ich hatte, wenn man es so sieht einen kaiserlichen Lehrmeister", antwortete Timo. „Ach so, du hast Karateunterricht oder so etwas gemacht. Kein Wunder bist du jetzt so bissig", erwiderte Tobias. „Nicht ganz." „Was meinst du denn jetzt damit?", fragte nochmals Tobias und wurde immer ratloser. „Ich … hatte wirklich einen kaiserlichen Lehrmeister. Nur der lebt schon lange nicht mehr", sagte Timo. Tobias starrte Timo nun wie ein Auto an. „Was hältst du eigentlich von Filmen, in denen es um Zeitreisen geht?", fragte dann Timo und die Ratlosigkeit verschwand wieder langsam aus Tobias Gesicht. „Solche Filme finde ich echt stark", antwortete Tobias. „Dann wird dir das, was ich dir jetzt erzähle erst recht gefallen. Ich war wirklich in der Vergangenheit. Das klingt jetzt zwar wieder voll bescheuert, aber Florian mein Kumpel hat eine Zeitmaschine in eine Uhr eingebaut. Und mit dieser Zeitreiseuhr sind wir in die Zeit von Konstantin den Großen gereist. Wir waren in seiner Residenz und haben Kaiser Konstantin wirklich gesehen. Auge in Auge. Und später waren wir in einem echten Ausbildungslager für römische Krieger. Mann, das war echt hart. Im Vergleich dazu ist der Sportunterricht nur ein Aufwärmtraining. Und genau dort habe ich so gut kämpfen gelernt und unser kaiserlicher Lehrmeister war der Sohn von Konstantin, Constantius II." Nun wurde Timo von Tobias erst recht verwirrt angeschaut. Ihm klappte schon fast das Kinn runter. Er konnte nicht glauben, was Timo da gerade erzählt hatte. „Du … willst mir also jetzt tatsächlich weiß machen, du bist in der Lage wirklich durch die Zeit zu reisen. Aber … das ist doch eigentlich nur Science-Fiction. Es ist völlig unmöglich durch die Zeit zu reisen." „Wir waren aber da, um genau zu sein im Jahr 330. Wenn ich nicht da gewesen wäre, hätte ich dir das nicht erzählen können. Ich muss jetzt aber wirklich wieder weg, weil die Besuchszeit bald zu Ende ist. Mach's gut und gute Besserung", sagte Timo schnell und verschwand wieder aus dem Zimmer.

Timo verließ schließlich wieder das Krankenhaus und fuhr mit dem nächsten Bus wieder zurück. Währenddessen lag Tobias in seinem Zimmer und starrte fassungslos an die Decke. „Ich kann das einfach nicht glauben, dass Timo der Geschichtsfreak tatsächlich durch die Zeit reisen kann. Aber Florian, dieser verrückte Professor hat bestimmt schon alles

41

Mögliche erfunden, dann bestimmt auch eine Zeitmaschine. Wenn ich das nur alles selber erlebt hätte.
Das wäre bestimmt abgefahren gewesen, in einer
echten römischen Legion zu kämpfen", wünschte
sich Tobias herbei.

Die Überraschung

Endlich, nach zwei Wochen war Timos Hausarrest endgültig aufgehoben und er durfte wieder raus. Er entschloss sich seinen besten Freund Florian zu besuchen. Timo stürmte den Bürgersteig entlang, weil er das Projekt sehen wollte, an dem sein Freund vor vier Wochen gearbeitet hatte. Er bog aufgeregt um die Ecke und erreichte irgendwann das Haus seines Freundes. Er klingelte und irgendwann ertönten Schritte, die Tür schwang auf und Florian trat hinaus. In seiner rechten Hand trug er ein kleines Päckchen. „Hallo Timo, endlich hast du es geschafft und dein Arrest ist Geschichte", grüßte er und legte seine Hand auf die Schulter. „Was ist das da im Päckchen? Ist es vielleicht das Projekt, an dem du gearbeitet hast?", fragte Timo und grinste. Florian gab aber keine Antwort sondern drückte das Päckchen in Timos Hand. „Ist es jetzt dieses Projekt?" „Gehen wir mal nach oben. Ich möchte sehen, wenn du es oben in meinem Zimmer aufmachst", antwortete Florian. Timo betrat anschließend das Haus, schloss die Haustür und ging mit seinem Freund nach oben. Als sie Florians Zimmer betraten, erblickte Timo erst einmal ein Durcheinander. „Tut mir leid, dass es hier drinnen jetzt nicht so ordentlich aussieht, aber ich konnte leider noch nicht aufräumen", entschuldigte sich Florian. „Ach, das ist nicht so schlimm. Was glaubst du wie es bei mir manchmal aussieht", erwiderte Timo. „Los, packe mal dein Päckchen auf", bat Florian und grinste. Timo begann anschließend sein Päckchen auszupacken. Als es ausgepackt war, erblickte er die Zeitreiseuhr von Florian. „WOW! Du schenkst mir deine Zeitreiseuhr! Das ist echt stark von dir", strahlte Timo. „Sie gehört jetzt dir", sagte Florian. „Aber, dann hast du ja gar keine Zeitreiseuhr mehr", dachte Timo. „Mach dir darüber keine Sorgen, denn jetzt komme ich zu meinem neuen Projekt", beruhigte Florian und zog anschließend ein Tuch von einer größeren Uhr weg, die auf dem Tisch lag. „WOW! Du hast ja jetzt doch das coolere Modell gebaut. Könnten wir vielleicht …" „Nein, wir werden die Uhren nicht tauschen. Aber diese Uhr kann noch ein wenig mehr, als das Modell, welches du jetzt besitzt. Man kann mehrere Ziele eingeben und abspeichern. Man kann ein Zeitlimit einstellen, sodass sie dich selbständig in das Jahr 2015 zurückbefördert, ohne dass du irgendetwas eingibst. Es ist auch möglich, mehrere Reiche abzuspeichern. Ich habe hier jetzt zum Beispiel das Heilige Römische Reich deutscher Nationen abgespeichert und unten drunter befindet sich das Byzantinische Reich. Ich drücke jetzt auf die Pfeiltaste und schon erscheint das Byzantinische Reich. Unsere nächste Zeitreise geht ja dort wieder hin. Bei dir ist es übrigens auch schon abgespeichert", erklärte Florian. „Könnten wir vielleicht einmal die Uhren tauschen, damit ich auch mal das Vergnügen habe damit durch die Zeit zu reisen?", fragte nochmals Timo. „Nun, darüber lässt sich reden, aber sie bleibt trotzdem mein Eigentum", antwortete Florian.

„Wie wollen wir jetzt eigentlich vorgehen, wenn wir zu Kaiser Justinian I. reisen?", fragte dann Timo in die Runde. „Wir machen es so, dass wir ihn in seiner Zeit als Caesar kennenlernen und dann später als Kaiser besuchen. Wir reisen also erst in das Jahr 525 und lernen ihn richtig kennen und danach schauen wir uns seine Kaiserkrönung im Jahr 527 an. Und dann bleiben wir 14 Tage in seinem Palast", schlug Florian vor. „Meinst du nicht, es wäre besser, wenn wir uns noch zusätzlich seine Kindheit anschauen?", fragte Timo. „Du willst doch damit jetzt nicht sagen, dass wir Babysitter für einen jungen Herrscher machen", dachte Florian und ihm kam sofort der Gedanke an römische Windeln, wenn es zu dieser Zeit überhaupt so etwas Ähnliches schon gab. „Nein, das meinte ich nicht. Es ist immer sehr gut, wenn man etwas über die Kindheit eines zukünftigen großen Herrschers wie Justinian I. weiß. Das ist auch total spannend", schlug Timo vor. „Nun ja, man wird ja nicht unbedingt gleich als Herrscher geboren", erwiderte Florian. „Was sagst du zu meinem Vorschlag?", fragte Timo. Florian dachte einen Moment nach und irgendwann sagte er: „Okay, dein Vorschlag hat gewonnen. Wir schauen uns die Kindheit, die Jugend und die Regierungszeit von Justinian I. an." Und so gaben sie sich die Hand. „Wann wollen wir loslegen?", fragte Timo. „Ich denke, am Wochenende. Das ist die beste Zeit für eine Zeitreise", antwortete Florian.

Tobias Reise in die Vergangenheit

Am nächsten Morgen stand wieder die übliche Doppelstunde Geschichte an. Timo befand sich wie immer in der Vorhalle. Sein Geschichtsbuch lag auf dem Tisch und direkt daneben befand sich die Zeitreiseuhr, offen. Er war gerade damit beschäftigt, sich die Liste der byzantinischen Kaiser anzuschauen. Jetzt machte es ihm auch wieder mehr Spaß. „Mann, über diesen Andronikos II. steht eine ganze Menge. Regierte von 1282-1328. Und der sieht fast wie ein Nikolaus aus, mit seinem langen und weißen Vollbart. Mal schauen wo sich Andronikos I. befindet." Er schaute die Liste durch und irgendwann fand er ihn. „Ah, da ist er ja. Andronikos I. 1183-1185. Der hat aber nicht lange regiert. Und es gibt hier noch nicht mal ein gutes Bild von ihm. Oh, Usurpator von 1154-55. Dann schauen wir mal weiter." Er schaute dann weiter die Liste durch. Irgendwann fuhr ein Bus an und seine üblichen Rivalen stiegen dort aus. Timo war wieder so in seiner Liste vertieft, dass er sie nicht kommen hörte. „Na, wen haben wir denn da! Unser Geschichtsfreak ist wieder mal in dieser blöden Liste vertieft!" Timo richtete sich dann auf und blickte seinem Rivalen direkt in das Gesicht. „Heute bist du dran, Geschichtsfreak! Heute wirst du dafür bezahlen, dass du Tobias vor vier Wochen in das Krankenhaus gebracht hast! Verabschiede dich von deinem Ranzen und deinen ganzen Geschichtsbüchern, denn die landen jetzt in der Schulmülltonne, die heute geleert wird! Dann hast du nichts mehr und wirst sitzen bleiben!" „Gebt mir mein Zeug zurück!", forderte Timo mit einem roten Kopf. „HEY! Hört sofort damit auf!", forderte eine Stimme. Tobias erschien dann und stellte sich vor seine Bande. „Tobi, endlich bist du wieder da, Kumpel! Wir wollen eben gerade dem Geschichtsfreak das heimzahlen, was er dir angetan hat!", erklärte Stefan. „Ihr werdet gar nichts in dieser Art und Weise tun! Ihr lasst Timo in Zukunft in Ruhe, habt ihr verstanden!", forderte Tobias. „Aber Tobi, das ist ein Freak! Wie kannst du ihn jetzt nach dem, was er dir angetan hat so plötzlich schützen?", fragte Chris. „Die Zeiten ändern sich", erklärte Tobias. Kopfschüttelnd verschwanden sie dann auf dem Schulhof. „Danke Tobias, das hätte ich jetzt nicht von dir erwartet", bedankte sich Timo. „Du hast mir bei deinem Krankenbesuch die Augen etwas geöffnet. Die Zeiten ändern sich, so wie ich es auch meiner Bande gesagt habe. Sieh mich jetzt nicht mehr als Feind oder Riva-

le an sondern einfach nur als Freund", erwiderte Tobias und setzte sich neben Timo und musterte die
Uhr neben dem Geschichtsbuch. „Hat das jetzt zufällig damit zu tun, weil ich dir etwas über die Zeitreise
in das Jahr 330 erzählt habe?", fragte Timo. „Nun ja,
so ein bisschen schon. Aber du hast mir trotzdem die
Augen geöffnet." Er nahm dann die Uhr und fragte
weiter: „Ähm, ist das die Zeitreiseuhr?" „Ja, das ist
sie. Sei aber bloß damit vorsichtig, sonst landest du
in irgendeiner Zeit des byzantinischen Reichs",
warnte Timo.

Es war aber schon zu spät, denn Tobias tippte schon
aus Neugierde irgendeine Zeit ein und drückte den
grünen Knopf. Es gab einen Blitz und Tobias war
mitsamt Ranzen in irgendeine Zeit des byzantinischen Reichs entschwunden, da das Reich aufgrund
Timos und Florians Wochenendvorhabens schon
abgespeichert war. „NEIN! Tobias!", schrie er. Am
Anfang dachte er noch, er würde gleich wieder auftauchen, aber er tauchte nicht auf. Er wartete und
wartete, aber Tobias war nach wie vor verschwunden
in der Vergangenheit.

Zeuge einer Schlacht

Konstantinopel, 29. Mai 1453:

Tobias befand sich auf einem Weg und schaute verblüfft umher und sagte: „WOW! Das ist ja echt abgefahren! Ich stehe hier tatsächlich in der Vergangenheit und das da vorne sieht wie die Stadt Konstantinopel aus. Die liegt ja schon fast in Trümmern."

Anschließend tauchte eine größere Gruppe mit Reitern auf. Und nicht nur das, denn hinter ihm hatte sich schon längst ein Krieger versteckt, der fest einen Säbel umklammerte. Dieser streckte seine Hand aus dem Gebüsch, den Säbel fest umklammert.

51

Die Reiter dagegen hätten Tobias beinahe über den Haufen geritten. Bei den Reitern handelte es sich um die Osmanen, die gerade angriffen. Angeführt wurden diese von Sultan Mehmed II. Die ganze Horde ritt an ihm vorbei. Es gab Staub und Tobias war total eingenebelt und hustete. „Verdammt noch mal! Könnt ihr nicht aufpassen, wo ihr hin reitet!", fluchte Tobias und hustete weiter. Als die Staubwolke sich lichtete, konnte er sehen, wie Konstantinopel angegriffen wurde. Er hörte Donnerschläge und wusste, dass es sich dabei um Kanonenfeuer handelte. „Abgefahren! Ich befinde mich mitten in einer Schlacht. Das muss ich mir aus der Nähe anschauen", redete Tobias mit sich selber und rannte anschließend Richtung Konstantinopel.

Gut das er davon rannte, sonst hätte er den Säbel im Rücken gehabt. Als er bei der Stadt ankam, konnte er sehen, wie aus den Kanonen, die sich hinter der großen Mauer befanden Kugeln flogen und osmanische Schiffe versenkten. Er konnte auch sehen, wie byzantinische Krieger ihre Schwerter schwangen und mit osmanischen Kriegern kämpften. Der Kampf wurde immer heftiger, je länger sich Tobias in seinem Versteck befand und die Einnahme von Konstantinopel beobachtete. Er konnte dabei sogar Kaiser Konstantin XI. sehen, wie er versuchte seine

Stadt und sein Reich vor dem Fall zu bewahren, aber vergeblich. „Das ist ja noch viel besser als im Kino. Ich bin Zeuge einer historischen Schlacht", redete Tobias mit sich selbst und aß einen Knusperriegel, den er noch in seiner Hosentasche hatte. Irgendwann durchzog ihn ein stechender Schmerz, der ihn zusammensacken ließ. Er drehte sich um und schaute einem osmanischen Krieger direkt in das Gesicht. Es war genau der Krieger, der ihm schon hinter dem Gebüsch aufgelauert hatte.

Dieser hatte ihm mit seinem Säbel eine tiefe Schnittwunde verpasst und beinahe den Arm abgetrennt. Er wirbelte herum, so gut er noch konnte und trat den Krieger nieder. Danach ergriff er die Flucht und zog sich später in einem Bunker mit Ritterrüstungen zurück. „Verdammt, tut das weh! Elender Mistkerl!" Er warf dann einen Blick auf die alten Rüstungen und suchte sich eine Rüstung, die seine Größe hatte. Als er eine fand, zog er sich trotz des schmerzenden Arms diese Rüstung über. Timos Zeitreiseuhr ließ er offen und seinen Ranzen schmiss er einfach in die Ecke, wo er unter Rüstungen begraben wurde. Mit der noch freien Hand tippte er sofort ein anderes Datum ein und beförderte sich etwa 8 Jahre zurück in die Vergangenheit. Er landete im gleichen Bunker, nur man schrieb jetzt das Jahr 1445.

Konstantinopel, Bunker 1445:

Außerhalb war es wieder ruhig und die Rüstungen, die sich in diesem Bunker befanden waren noch relativ neu. Tobias' Arm brannte und dadurch er schon so viel Blut verloren hatte, wurde ihm mehr und mehr schwindelig und irgendwann krachte er in sich mit klappernder Rüstung zusammen. Die Uhr löste sich von seinem Handgelenk und fiel in den Dreck.

Nach etwa zehn Minuten tauchten drei kaiserliche Ritter auf und fanden ihn. „Seht! Hier liegt einer unserer Leute und er ist schwer verletzt", schrie der größte Ritter von ihnen. „Wie konnte das passieren?", fragte der andere Ritter. „Er muss aus dem Hinterhalt von irgendjemand angegriffen worden sein." „Dann hat er sich schwer verletzt hier in diesen Bunker geschleppt. Schnell, bringen wir ihn zu Kaiser Johannes. Er muss sofort behandelt werden", sagte der große Ritter und anschließend wurde Tobias weggeschleppt.

Das Bild im Geschichtsbuch

In der Pausenhalle 2015:

„Verdammt noch mal! Warum hat er nicht auf mich gehört!", regte sich Timo auf und stützte seinen Kopf ab. In diesem Moment tauchte sein bester Freund Florian auf. Wie immer klopfte er auf den Tisch von Timo. „Hi Timo. Was ist denn los? Du siehst irgendwie entsetzt aus", stellte Florian fest. „Ich habe auch einen guten Grund dazu entsetzt zu sein!", erklärte Timo. „Was ist passiert?", fragte Florian und seine Stimme klang jetzt ernster. Und so erzählte Timo ihm die ganze Geschichte. „Na super! Das ist jetzt wirklich ein echtes Problem! Warum hast du ihn nicht aufgehalten?", fragte Florian. „Ich konnte nicht. Er war einfach zu schnell. So schnell konnte ich gar nicht gucken und dann war er schon mit einem Blitz in der Vergangenheit verschwunden", antwortete Timo. „Das ist ja jetzt das Problem. Das Einzige was wir wissen ist, das er irgendwo im byzantinischen Reich ist, also können wir die anderen Reiche schon mal ausschließen. Aber wir wissen nicht, in welche Zeit er sich befördert hat. Das Byzantinische Reich hat von 330-1453 existiert. Das ist eine riesige Zeitspanne, in der wir jetzt suchen müssten. Das schaffen wir absolut nicht", erklärte Florian.

Anschließend klingelte die Schulglocke und alle Klassen gingen zu ihren Klassenräumen. Als die Geschichtslehrerin Frau Schwab auftauchte und den Klassenraum aufschloss, wurde in der hinteren Reihe Timo von den Freunden von Tobias angerempelt. „HEY! Was hast du mit unserem Anführer gemacht, hä! Warum ist er plötzlich so nett zu dir?", fragte Stefan streng. „Menschen ändern sich, so ist das nun mal", antwortete Timo. „Und noch etwas! Wo ist Tobias jetzt eigentlich? Er war doch vorhin noch da?", fragte Chris und schaute umher. „Ähm, ihm ging es noch nicht so gut, deshalb ist er wieder nach Hause gegangen. Er wollte nur im Sekretariat seine verlängerte Krankmeldung abgeben und danach ist er verschwunden", log Timo. Sie betraten jetzt den Klassenraum und nahmen auf ihren Plätzen Platz.

„Also, in der heutigen Geschichtsstunde beschäftigen wir uns mit Kaiser Justinian I. Er ist einer der bedeutendsten Herrscher der Spätantike. Seine Regierungszeit markiert einen wichtigen Übergang vom Imperium Romanum zum Byzantinischen Reich. Er regierte von 527-565 sein Reich mit eiserner Hand. Er hat zum Beispiel viele Regionen wieder in zahlreichen Schlachten zurückerobert. Wir schlagen jetzt unser Geschichtsbuch unter Juastinian I. auf und lesen die folgenden vier Seiten. Danach schreibe ich euch wie üblich wieder Aufgaben an die Tafel, die ihr dann sofort bearbeitet. Ich erinnere euch jetzt auch noch mal an euren Aufsatz, bevor dies wieder in Vergessenheit gerät. Justinian I. ist ein wichtiger Bestandteil des Aufsatzes. Und dann könnt ihr euch noch einen Kaiser aussuchen, der euch gefällt. Die Listen habt ihr ja schon vor einigen Wochen bekommen", sprach die Lehrerin an. Der Klassenraum war dann von Stöhnen erfüllt. „Oh Mann, dieses Thema interessiert mich absolut nicht", sagte dann ein Mädchen. „Mich auch nicht, aber Timo wird es mit Sicherheit gefallen", erwiderte die Nachbarin und begann mit ihrer Freundin zu kichern. „Ruhe dahinten! Ich möchte jetzt keinen Ton mehr hören!", forderte die Lehrerin und klingelte mit dem Glöckchen. Danach begannen sie widerwillig zu arbeiten.

Nach etwa 25 Minuten hatte Timo seine Aufgaben erledigt und blätterte durch das Geschichtsbuch. Dabei landete er irgendwann am Ende des Themas, wo sich ein großes Bild von der Belagerung Konstantinopels durch Sultan Mehmed II., den Eroberer befand. Am Anfang dachte er sich nichts bei der Ansicht des Bildes, weil er es schon mehrmals gesehen hatte. „Der Fall von Byzanz. Mann, das muss echt eine harte Schlacht gewesen sein", flüsterte Timo. „Ruhe dahinten!", forderte die Lehrerin. Timo schwieg schließlich und schaute sich das Bild weiter an. Dabei stellte er fest, dass doch etwas anders war. Sein Blick schweifte auf eine Person im Vordergrund des Bildes. „Moment mal", flüsterte er so, dass es die Lehrerin nicht hörte.

Dann erkannte er schließlich die Person im Vordergrund. Es handelte sich dabei um einen älteren Tobias, der als voll ausgebildeter Krieger in der Schlacht um Konstantinopel am 29. Mai 1453 im Kampf gegen die Osmanen gefallen war. „Oh Shit!", flüsterte Timo. „Timo Schwarz, was ist denn los? Gibt es vielleicht etwas, was du der Klasse mitteilen möchtest?", fragte die Lehrerin streng. „Nein Miss … ich habe mich nur verschrieben", log Timo. Dabei lachte die Klasse kurz auf. „Ruhe", kam es erneut von der Lehrerin.

Timo wendete sich dann wieder dem Buch zu, was andere auch aus Langeweile taten. Diese blieben ebenfalls bei dem Bild stehen und tuschelten. „Hey Chris, dieser Ritter da auf dem Bild sieht fast so aus wie Tobias", sagte Stefan leise. „Ja, wo du es sagst fällt es mir auch gerade auf. Könnte vielleicht ein Verwandter von ihm sein", dachte Chris.

In der Klasse wurde es jetzt zunehmend unruhiger. Es war sogar schon so unruhig, dass die Lehrerin mit dem Glöckchen klingeln musste. „Ruhe jetzt! Und zwar für alle! Ihr habt Aufgaben zu bearbeiten!" Schließlich arbeiteten alle an den Aufgaben weiter.

Timo zeigte anschließend das Bild seinem besten Freund, aber so, dass es die Lehrerin nicht mitkriegte. Dieser bekam sofort den starren Blick und flüsterte Timo etwas in das Ohr.

Nachdem der Unterricht beendet war, konnte Timo endlich mit Florian über das Bild sprechen. „Ich fasse es nicht! Tobias ist bei der Schlacht um Konstantinopel am 29. Mai 1453 umgekommen. Wir müssen ihn da wieder so schnell wie möglich rausholen!", regte sich Timo auf. „Wenn er noch dein Rivale gewesen wäre, hättest du mit Sicherheit mit Freude darauf reagiert", sagte Florian. „Ja schon, aber er ist ja jetzt nicht mehr mein Rivale. Ich hatte mich mit ihm im Krankenhaus angefreundet", erwiderte Timo. „Ich weiß, das hast du mir ja erzählt. Das war jetzt nur ein Beispiel", erklärte Florian. „Wir müssen verhindern, dass er in der Schlacht fällt", kam es von Timo. „Das müssen wir auf jeden Fall verhindern.

Wenn das aber nur so einfach wäre. Er war auf dem Bild schon älter und ein voll ausgebildeter Ritter. Man wird nicht von heute auf morgen Ritter oder Legionär. Das haben wir ja am eigenen Leib miterlebt. Wir waren mehrere Wochen in diesem Ausbildungslager. Und wenn Tobias auf dem Bild schon viel älter war, hat er schon einige Jahre im 15. Jahrhundert des byzantinischen Reichs gelebt. Er hat sich zum Krieger ausbilden lassen, fragt sich nur wann und bei wem", sagte Florian. „Da kommen nur drei Kaiser in Frage. Manuel II., Johannes VIII. und Konstantin XI., der Konstantinopel an die Osmanen verloren hat." „Wann haben diese Kaiser regiert?", fragte anschließend Florian. „Also, Manuel II. hat von 1391-1425 regiert. Johannes VIII. von 1425-1448. Konstantin XI. regierte von 1448-1453. Er hat ja dann am 29. Mai 1453 Konstantinopel an die Osmanen verloren und damit war das Ende von Byzanz besiegelt. Sein Nachfolger war Sultan Mehmed II. Dieser wurde auch der Eroberer genannt. Danach wurde aus dem byzantinischen Reich das Osmanische Reich", antwortete Timo. „Also, Manuel II. können wir auf jeden Fall schon mal ausschließen. Wenn er Tobias zum Ritter ausgebildet hätte, wäre er mit Sicherheit schon fast im Rentenalter. Also kommen dann nur die letzten beiden Kaiser in Frage",

erklärte Florian. Timo schaute sich das Bild im Geschichtsbuch anschließend noch einmal genauer an.
„Es ist echt schwierig zu sagen, wie alt Tobias auf
dem Bild war. Er kann 5 Jahre älter sein oder gar 10
Jahre. Vielleicht sogar schon 15 Jahre. Dieses Bild
gibt das einfach nicht her“, erwiderte Timo. „Timo,
mache bitte das Buch zu. Wir haben jetzt etwas
Wichtigeres zu tun und zwar müssen wir in die Ver-
gangenheit reisen und Tobias da rausholen“, sagte
Florian und seine Stimme klang dabei sehr ernst.
Anschließend machten sie sich schnell auf den
Heimweg.

Konstantinopel 1443

Timo und Florian befanden sich an diesem Nachmittag in Florians Zimmer und bereiteten ihre zweite Zeitreise vor. Dabei gab es aber ein großes Problem, denn keiner von beiden wusste, in welches Jahr ihr Klassenkamerad gereist war. Den einzigen Anhaltspunkt, den sie hatten, war das Bild im Geschichtsbuch und dort war er viel älter, ein voll ausgebildeter Ritter und lag tot vor den Toren von Konstantinopel. „Wohin reisen wir jetzt am besten? Wir haben keinen blassen Schimmer, in welches Jahr er jetzt gereist ist", fragte Timo. „Wir reisen in das Jahr 1443", antwortete Florian spontan. „Warum jetzt ausgerechnet in das Jahr 1443?", fragte anschließend wieder Timo. „Also, auf dem Bild war er schon ein voll ausgebildeter Ritter. Und eine Ausbildung zum Ritter ist nicht gleich in ein paar Wochen vollendet. Ich habe ausgerechnet, wenn wir in einer Zeitspanne von 10 Jahren nach ihm suchen, müssten wir ihn irgendwann finden", erklärte Florian. „Nun ja, das ist so leicht gesagt, aber er kann trotzdem auch in das Jahr 1440 gereist sein", vermutete Timo weiter. „Ich vertraue auf meine Berechnungen. Die haben sich noch nie geirrt", erwiderte Florian. „Okay, wie du meinst.

Dann lasst uns unsere Reise beginnen", sagte Timo und ergriff Florians Hand. „Warte! Bevor wir unsere Reise beginnen, sollten wir uns lieber noch passende Klamotten überziehen", erinnerte Florian. „Aber, wir haben leider keine Anziehsachen, die in das Mittelalter passen. Als wir bei Konstantin den Großen waren, sind wir auch mit unseren jetzigen Klamotten in die Vergangenheit gereist. Und dann haben wir uns dort das Zeug übergezogen", erinnerte Timo. „Da hatten wir Glück, dass dort im Palast passende Umhänge gelegen haben", erklärte Florian und kramte in seinem Schrank herum. „Glaubst du, dass du in deinem Schrank etwas Passendes findest?", fragte Timo. „Timo, ich habe etliche Klamotten, die ich nicht mehr anziehe", antwortete Florian und kramte weiter. „Aber was ist dann mit mir?", fragte Timo weiter. „Keine Sorge, für dich finde ich auch noch etwas", antwortete Florian. Als er passende Klamotten gefunden hatte, warf er diese zu Timo rüber. Dieser nahm sich dann auch die Klamotten und zog diese an. „Mann, das sind ja fast nur noch Fetzen", sagte Timo und schaute sich seine Hose an, die übersät mit Löchern war. „Ich sehe aus wie so ein Punker, fehlen nur noch der Irokese und die Springerstiefel", sagte Timo. „Mit diesen Klamotten fallen wir aber nicht ganz so auf", erklärte Florian und zog sich seine Sachen über. „Was hast du mit diesen Klamotten eigentlich gemacht?", fragte Timo. „Experimente mit Mode", antwortete sein Freund. „Mit anderen Worten, du hast dir die Löcher selber in die Hose geschnitten." „So ist es", bestätigte Florian. Dieser tippte jetzt in seine Uhr das Jahr 1443 und Konstantinopel ein. Danach betätigte er den grünen Knopf, packte Timos Hand und beförderte sich mit ihm in das Jahr 1443.

Sie landeten in einer spätmittelalterlichen Gasse von Konstantinopel. Diese war übersät von Dreck und es stank nach Mist. Von weitem hörten sie mehrere Leute, die sich in einer fremden Sprache unterhielten. Tiere, wie Ziegen und Schafe waren ebenfalls zu hören. „Willkommen im 15. Jahrhundert von Konstantinopel", sagte Florian. „Oh Mann, das stinkt hier ja echt zum Himmel", erwiderte Timo und hielt sich die Nase zu, „nun ja, die Städte im Spätmittelalter waren meistens so verunreinigt. Vor allen Dingen gab es hier auch viele Krankheiten und Ratten. Von denen müssen wir uns hier auf jeden Fall fernhalten, sonst werden wir noch von der Pest infiziert", fuhr Timo fort. „Denkst du, das weiß ich nicht?", fragte Florian mit einem leicht genervten Unterton. „Wo fangen wir jetzt hier an?", fragte dann Timo. „Wir müssen jetzt wohl oder übel in diese Richtung, da wo die Stimmen herkommen", zeigte Florian. Sie setzten sich dann in Bewegung. Die Stimmen wurden mit jedem Schritt lauter und irgendwann sahen sie eine größere überfüllte Gasse; Menschen gingen dort überall ihrer Arbeit nach. Einige führten Ziegen, andere hatten Ochsenkarren mit Stroh. Es gab auch Leute, die vornehmere Anzüge trugen und diese waren hoch zu Ross. Die meisten Leute trugen aber lumpenartige Kleidung und man konnte davon ausgehen, dass sie nicht genug Geld besaßen. Hier und da waren sogar auch noch Stände aufgebaut, an denen Waren verkauft wurden. „Oh mein Gott!", sagte Florian und starrte auf das Treiben. „So war nun mal der Alltag in einer spätmittelalterlichen Stadt", erklärte Timo. „Das ist ja grauenhaft!", erwiderte Florian. „Diese Leute gehen uns ja eigentlich nichts an. Wir müssen nur nach irgendwelchen Rittern Ausschau halten", erklärte Timo. „Fragt sich nur, wann hier mal ein Ritter durch reitet." Anschließend sichteten sie eine dunkelhaarige Frau, die die beiden zu ihrem Stand winkte. Sie setzten sich anschließend in Bewegung und gingen zu dem Stand. Als die Frau anfing zu reden, verstanden sie aber kein einziges Wort und darauf wusste Florian, dass er die Übersetzer vergessen hatte. „Oh Shit!", ärgerte er sich. Er nahm Timo und zog ihn von dem Stand weg, zurück in die Gasse. Die Frau wunderte sich nun über dieses Verhalten und schaute verwirrt umher. „Verdammt! Wir haben unsere Übersetzer vergessen!" „Das ist mir jetzt auch schon aufgefallen, nachdem ich die Verkäuferin nicht verstanden habe." „Ich komme gleich wieder. Und du hältst hier so lange die Stellung", erklärte Florian und stellte seine Zeitreiseuhr wieder auf die gegenwärtige Zeit um. Danach verschwand er mit einem Blitz.

Timo befand sich nun alleine im Konstantinopel des Jahres 1443. Er ging wieder an den Rand der Gasse und hielt Ausschau nach irgendwelchen Rittern. Er sah aber immer die üblichen Leute: Bürger, Bauern mit Vieh, Kaufleute auf Pferden und arme Menschen am Straßenrand betteln. Es vergangen dann schon 15 Minuten und Timo wurde immer nervöser. „Oh Mann, wo bleibt er denn? Er wollte doch gleich wieder hier auftauchen", wartete Timo ungeduldig. Er befürchtete schon sein Freund hätte ihn vergessen. Nach weiteren 10 Minuten tauchte er endlich wieder auf, mit den Übersetzern in der Hand. „Das wurde auch langsam Zeit! Ich dachte schon du lässt mich hier im spätmittelalterlichen Konstantinopel zurück", übertrieb Timo. „Das würde ich doch niemals tun. Tut mir leid, dass es jetzt so lange gedauert hat, aber ich wurde von meiner Mutter aufgehalten. Als sie mich mit den zerfetzten Klamotten sah, hat sie einen Schreck bekommen und mich erst einmal ge- schimpft. Ich musste dann wieder meine guten Kla- motten anziehen. Und als sie weg war, habe ich dann wieder die zerfetzten Sachen angezogen. Und dann musste ich die blöden Übersetzer suchen und das hat auch noch mal länger gedauert. Hier, stecke ihn dir in das Ohr. Er ist schon fertig eingestellt", sagte Florian und reichte den Übersetzer. Timo nahm ihn und steckte sich diesen in das Ohr. Danach kehrten sie zu der Dame an den Stand zurück. „Hallo, habe ich euch vorhin etwa erschreckt?", fragte die Frau und schaute die beiden Freunde schief an. „Nein, haben Sie nicht. Es ist nur so, dass wir etwas Wichtiges vergessen hatten", antwortete Florian. „Ach so. Ich dachte schon, ich hätte euch irgendwie erschreckt, weil ich euch so plötzlich zu meinem Stand gebeten hatte", erklärte die Frau. „Nein, Sie haben uns nicht erschreckt." Timo schaute der Frau dann genauer in das Gesicht und ihm kam etwas an ihr bekannt vor. „Sie kommen mir irgendwie bekannt vor", stellte Timo dann fest. „Ach ja? Woher sollten wir uns denn jetzt auf einmal kennen?", fragte die Frau ver- wundert. „Nun ja, ich meine ich hätte irgendwann mal eine Verwandte von Ihnen gesehen", redete sich Timo heraus und dachte dabei an die Frau, die sie im

Jahr 330 so freundlich aufnehmen wollte. „Das kann durchaus möglich sein. Verwandte habe ich hier sehr viele. Meine Familie zum Beispiel lebt hier schon seit einigen Generationen", erklärte dann die Frau. „Und seit wie vielen Generationen lebt Ihre Familie hier schon?", fragte Timo neugierig. „Du erinnerst mich irgendwie an meinen Sohn. Er war damals auch so neugierig wie du. Möge er in Frieden ruhen", erwiderte die Frau und es erschien eine Träne in ihren Augen. Danach schloss sie ihre Augen und betete. „Ich will jetzt nicht irgendwelche alten Wunden aufreißen, aber was ist denn mit Ihrem Sohn passiert?", fragte Timo weiter. „Er ist bei der ersten Belagerung von Konstantinopel durch die Osmanen im Jahr 1422 gestorben. Er war damals erst 18 Jahre alt. Er wollte unbedingt Ritter werden und er sprach bei Kaiser Manuel II. vor. Und er hat ihn auch sofort zum Ritter ausbilden lassen. Und kurz nach seiner Ausbildung fielen die Osmanen das erste Mal über unsere Stadt her. Die Osmanen konnten zwar bezwungen werden, aber mein Sohn ist in dieser Schlacht gefallen", erzählte die Frau und ihr Gesicht war voller Tränen. „Das ist ja furchtbar, grauenvoll. Und dann war er auch noch so jung", erwiderte Timo mit Mitleid. „Dieses Jahr war für mich ein verfluchtes Jahr. Nichts war danach mehr wie früher. So ein Verlust

in der Familie brennt sich für immer im Kopf fest",
sagte die Frau. „Das kann ich mir sehr gut vorstellen", erwiderte Florian. „Jetzt noch einmal zu meiner
ersten Frage zurück. Seit wie vielen Generationen
lebt Ihre Familie schon hier?", fragte Timo. „Seit
vielen, vielen, vielen Generationen. Meine Familie
war früher vom 11. bis zum 13. Jahrhundert eine
sehr reiche und wohlhabende Familie. Teilweise gab
es auch welche, die für die hiesigen Kaiser und Des-
poten gearbeitet haben. Aber irgendwann in der Mitte des 13. Jahrhunderts ließ das wieder nach und
meine Familie wurde wieder zu einer normalen
Kaufmannsfamilie. Sie hatten zwar noch Ansehen,
aber dieses Ansehen war nicht mehr so groß, wie
damals. Und so ist es auch bis zum heutigen Tag
geblieben", antwortete die Frau. „Wow! Eine echte
Adelsfamilie also. Und wie war es vor dem 11. Jahrhundert mit den Vorfahren dieser hoch angesehenen
Familie?", fragte Timo. „Oh je. Vor dem 11. Jahrhundert bestand meine Familie eigentlich nur aus
normalen Bauern und Bürgern. Es gab zwar schon
welche, die eine höhere Position hatten, aber das war
nicht der Rede wert. Meine älteste Vorfahrin lebte
zum Beispiel vor mehr als 1000 Jahren. Ich glaube
sie hat damals noch die Gründung dieser Stadt unter
Konstantin den Großen mitgekriegt. Mehr kann ich

aber leider nicht dazu sagen", erzählte die Frau. „Okay. Dann wollen wir mal weitergehen. Wir haben noch etwas Wichtiges zu erledigen", erklärte Florian. „Wartet, bevor ihr geht, gebe ich noch etwas von meinem Brot mit. Teilt es euch gut ein. Ich backe dieses Brot wirklich nur einmal in der Woche. Es ist wirklich das beste Brot, was man hier auf dem Markt zu kaufen bekommt. Aber euch schenke ich es. Mein Gefühl sagt mir, dass ich es tun sollte", sagte die Frau und packte das Brot gründlich ein und reichte es Timo, der es dann auch dankend annahm. Danach verließen sie den Stand und machten sich wieder auf die eigentliche Suche.

Während sie so durch Konstantinopel gingen, stießen sie irgendwann auf die alte byzantinische Kirche Hagia Sophia, wie sie früher ausgesehen hatte. „Wahnsinn! Das ist die berühmte Hagia Sophia, bevor sie zu einer Moschee wurde", staunte Florian. „In dieser Kirche wurden schon byzantinische Kaiser gekrönt", erwiderte Timo. „Das Gebäude ist einfach nur prachtvoll und edel", sagte Florian und musterte das Gebäude von allen Seiten.

In diesem Moment ritten sechs Ritter an ihnen vorbei. Diese hätten sie beinahe über den Haufen geritten. „Aus dem Weg, Gesindel!", forderten sie. „Sagten die gerade Gesindel zu uns?" „Egal! Nichts wie hinterher!", forderte Florian. Und so verfolgten sie anschließend die Ritter, so gut wie dies möglich war.

Kaiser Johannes VIII.

Die Ritter führten sie zu einem größeren spätmittelalterlichen Schloss mit hohen, starken Gemäuern. In diesen Mauern befanden sich sogar Löcher, aus denen Kanonen ragten und man konnte jede Menge Wachtürme erkennen. Die großen eisernen Tore im Gemäuer gingen anschließend auf, die Ritter verschwanden im Innern und danach schlossen sich die Tore wieder. Florian und Timo gelang es nicht den Besitz des hiesigen Kaisers Johannes VIII. zu betreten. „Verdammt! Die Ritter sind hinter den Schlosstoren verschwunden!", fluchte Florian. „Das ist jetzt echt eine Pleite. Uns wird wohl nichts anderes übrig bleiben, als uns auf diesen großen Felsen zu setzen und abzuwarten", erwiderte Timo.

Und so setzten sie sich auf den Felsen und warteten. Damit die Zeit schneller verging, unterhielten sich die beiden Freunde ein wenig über die Zeit und das Schloss. „Mann, dieses Schloss hier ist ja echt komplex und gut abgesichert", staunte Florian. „Konstantinopel ist allgemein gut abgesichert. Unten am Bosporus gibt es zum Beispiel auch noch so eine Art Schutzmauer mit Kanonen und Katapulten. Konstantinopel musste ja immer wieder darauf gewappnet sein, dass die Osmanen es versuchen zu belagern. Es gab hier schon etliche Belagerungen, aber die größte Belagerung war im Jahr 1453, als Mehmed II. die Stadt hier eingenommen hat und damit das Ende von Byzanz besiegelte. Das passiert aber erst genau in 10 Jahren. Unsere Mission ist es ja, dass wir Tobias finden und ihn davon abhalten in diese Schlacht zu ziehen und dort zu fallen", erklärte Timo. „Dazu müssen wir den Kerl erst mal finden." Sie warteten weiter und weiter, aber die Tore gingen einfach nicht auf. Florian kletterte schließlich auf das nächsthöchste Gemäuer um einen Blick hinter die Tore zu werfen. „Was machst du da?", fragte Timo hoch. „Ich halte Ausschau nach Rittern", antwortete Florian. „Komm da wieder runter!", forderte Timo. „Hey, dahinten tut sich was", rief Florian zu Timo. „Sind es Ritter?", fragte Timo hoch. „Nicht nur Ritter. Der Kaiser kommt!", schrie Florian runter. Timo erstarrte und sagte: „Mach, dass du wieder runterkommst, sonst hält er uns noch für Eindringlinge und lässt uns umbringen!", rief Timo hoch.

Florian hörte auf ihn und kletterte wieder runter. Dabei brach aber ein Stein raus und Florian stürzte. Mit einem Schlag fiel er zu Boden. Timo eilte sofort zu seinem Freund und fragte: „Flo, alles klar mit dir?" „Aua, so wollte ich eigentlich nicht hier unten ankommen", sagte Florian und griff sich an den Rücken.

Dann geschah es und die Tore öffneten sich quietschend. Zum Vorschein kamen zwei Ritter mit goldenen Rüstungen, die sofort stehen blieben, den Blick auf Timo und Florian fixiert. Hinter diesen Rittern tauchten nun die restlichen Ritter auf. Diese stellten sich dann gegenüber auf und schafften Platz für einen Reiter auf einem weißen, geschmückten Schimmel. Kaiser Johannes VIII. Dieser trug eine geschmückte goldene Krone mit Brillanten und kaiserliche Kleidung mit verschiedenen Mustern und den Farben, Goldgelb, Rot und Dunkelblau. An der Seite befand sich ein Schwert im Schaft. Der Kaiser hatte kleine Augen, längere blonde Locken und trug einen dunkelblonden Vollbart, der schon anfing langsam grau zu werden. „Brrrrrr", sagte er zu seinem Schimmel, der dann schließlich stehenblieb. Johannes VIII. sprang von seinem Pferd und bewegte sich mit wehendem Umhang auf Timo und Florian zu, die jetzt richtig nervös wurden.

„Ihr da! Warum lungert ihr jungen Knaben hier vor meinem Schloss herum?", fragte der Kaiser in strengen Worten. „Nun ja, eure Majestät. Wir lungern hier vor dem Schloss herum, weil wir gerne die Ritter hier durch die Tore reiten sehen", log Florian. „So, ihr beobachtet also meine Ritter, die hier durch die Tore reiten. Euch ist schon klar, dass das hier alles mir gehört und ihr euch gerade auf meinem Privatbesitz befindet", gab der Kaiser als Hinweis. „Ja, das ist uns schon klar. Wir haben nur eine kleine Frage an Sie. Gab es in Ihrem Heer von Rittern kürzlich einen Neuzugang?", fragte Timo.

Der Kaiser ging aber nicht auf die Frage ein sondern scheuchte die beiden Jungen einfach weg, weil er wichtigere Dinge zu tun hatte. Er befahl ihnen sogar, sich auch dort nicht mehr blicken zu lassen. Danach bestieg er sein Ross und ritt mit seinen Dienern und Rittern weg in Richtung Konstantinopel.

Timo und Florian verschwanden aber nicht sondern blieben wütend über das Verhalten des byzantinischen Kaisers vor den Schlosstoren sitzen. „Mann, der war ja eben gerade echt unfreundlich zu uns", ärgerte sich Florian. „Nun ja, ich kann ihn schon verstehen. Wir sind Fremde und wenn Fremde bei mir auf dem Grundstück herumlungern würden, wäre ich darüber auch nicht sehr erfreut", erklärte Timo. „Mir würde das auch nicht gefallen. Aber er hätte wenigstens diese eine Frage beantworten können", erklärte Florian. „Er hat sie aber nicht beantwortet, weil er sie für unwichtig fand. Er war auch ziemlich gestresst und in Eile, wohlmöglich wegen eines weiteren Überfalls der Osmanen in seinem Kaiserreich. Mir fällt auch gerade ein, dass es im Jahr 1444 noch irgendeine Schlacht in Warna gab, die auch mit den Osmanen zu tun hatte. Wohlmöglich haben wir ihn dabei erwischt, als er zu dieser Schlacht aufbrechen wollte", dachte Timo nach. „Wie auch immer. Wir entschwinden jetzt in das Jahr 1444 und schauen dort nach unserem Klassenkamerad", sagte Florian und stellte die Zeitreiseuhr um. Danach verschwanden sie mit einem Blitz in das nächste Jahr.

Erfolglose Suche

Sie landeten wieder genau an der Stelle, an der sie sich wegbefördert hatten. Es hatte sich so gut wie nichts verändert, bis auf die Tatsache dass die Tore diesmal offen standen. „Hey Flo, wir sind wieder an der gleichen Stelle gelandet, wo wir uns wegbefördert hatten", wies Timo darauf hin. „Ich habe ja auch nichts Weiteres eingegeben. Ich habe nur das Jahr um eins erhöht", erwiderte Florian. „Hey, das Tor steht diesmal offen", zeigte Timo. „Vielleicht ist ja der Kaiser immer noch weg", dachte Florian. „Kann ich mir nicht vorstellen, dass der Kaiser weggeht und das Schlosstor einfach für jeden zugänglich lässt", erklärte Timo. Florian war aber dann schon hinter den Toren verschwunden. Timo rannte hinter ihm her und sagte: „Hey, wir können doch nicht einfach hier reingehen." „Jetzt sind wir aber schon im kaiserlichen Garten. Ich passe schon auf, dass uns hier keiner erwischt. Ich möchte bloß schauen, ob wir vielleicht hier Sachen finden, die nicht in dieses Jahrhundert passen, wie zum Beispiel ein Handy oder der Ranzen von Tobias. Dann wären wir schon einen großen Schritt weiter", erklärte Florian. „Wenn wir hier drinnen aber erwischt werden, dann können wir echt was erleben. Der Kaiser war schon das letzte Mal echt sauer, weil wir uns hier auf seinem Grundstück herumgetrieben haben und das war auch noch vor den Toren. Was wird er wohl tun, wenn wir uns in seinem kaiserlichen Garten herumtreiben?", fragte sich Timo und ihm lief dabei ein wenig der Schweiß. Ihm kam sofort der Gedanke an einen mittelalterlichen Kerker, wo es feucht und dunkel war. „Ich passe schon auf, dass uns keiner sieht", wiederholte Florian.

Und so trieben sie sich im kaiserlichen Garten herum, in dem viele Blumen blühten und große Bäume wuchsen. Es gab sogar einen mittelalterlichen Brunnen mit einer Statue von Konstantin, den Großen. „Hier sieht Konstantin aber irgendwie anders aus, als wir ihn kennengelernt hatten", sagte Timo. „Das ist wahrscheinlich die berühmte Konstantinstatue. Die gibt es auch noch im Jahr 2015", erwiderte Florian. „Ich weiß, nur hier ist sie noch nicht so alt."

Sie suchten und suchten, fanden aber keine einzige Sache, die von ihrem Klassenkameraden stammte. „Nichts und wieder nichts. Ich glaube diese Suche hier war ein Schuss in den Ofen", sagte Timo. „Der Garten hier ist aber echt schön. Gegen diesen Garten ist unser Garten echt ein Dreckloch", sagte Florian.

„Und die Blumen duften richtig gut", erwiderte Timo. „Der kaiserliche Garten ist ein wirklich lauschiges Plätzchen", genoss Florian und legte sich in das höhere Gras. „Was das wohl dahinten für ein Gebäude ist?", stellte Timo in Frage. „Oh, da gehen wir jetzt mal hin. Vielleicht finden wir dort eher was", sagte Florian und stand wieder auf. Sie gingen nun auf dieses Gebäude zu und als sie richtig nah dran waren, erkannten sie eine Art Arena und in dieser Arena befand sich ein Turnierplatz für Ritterturniere. Es gab eine Tribüne, wo Gäste Platz nehmen konnten. Lanzen standen an der Seite und es gab Rüstungen, die teilweise schon verbeult waren. „WOW! Ein richtiger Platz für Ritterturniere", staunte Timo und nahm sich eine Lanze. „Ergebe dich Schurke! Ich mache dich fertig", redete Timo mit sich selbst und schwang mit der Lanze elegant umher. „Stelle das bitte wieder hin. Wenn das jemand hört! Bis jetzt herrscht noch Ruhe, aber das kann sich bald ändern", warnte Florian und begann nach Dingen zu suchen, die nicht in das 15. Jahrhundert passten. Aber auch dort blieb die Suche erfolglos.

Irgendwann wurde ihre Ruhe tatsächlich gestört und man konnte klappernde Rüstungen hören. „Verdammt! Ich wusste dass das passiert! Da kommen Ritter! Nichts wie raus hier!", forderte Florian. Sie verließen nun wieder so schnell wie möglich den Turnierplatz und wollten danach das kaiserliche Grundstück verlassen, aber dies ging schief, weil sie den Rittern direkt in die Arme liefen. „HEY! Das sind doch die, die sich vor einem Jahr vor dem Schloss herumgetrieben haben!" „Schnappt sie!", forderte der andere Ritter. „Oh Shit!", fluchte Timo und versuchte vor den sich nähernden Rittern zu entkommen. Andere Ritter wurden auf der Stelle alarmiert und es dauerte nicht lange und die beiden Freunde waren eingekreist und wurden sofort in Ketten gelegt. „So! Ihr dachtet wohl, ihr könnt euch unbemerkt im kaiserlichen Garten herumtreiben, aber da wart ihr im Irrtum!", sagte ein Ritter mit Vollbart. „Mal gespannt, was der Kaiser jetzt mit euch anstellt! Ich hoffe, er wird euch in den Kerker stecken und verrotten lassen", erwiderte ein unfreundlicher Ritter mit schwarzen Augenbrauen. „Siegfried, sei bitte nicht zu grob. Wir werden sehen, was der Kaiser dann mit ihnen anstellt", bat ein anderer Ritter.

Sie befanden sich dann im großen und edlen Schlosssaal des Kaisers, der auf seinem goldenen und geschmückten Thron saß, über ihm das Familienwappen der Palaiologen, welches ein Doppeladler mit einer Krone in der Mitte war. Überall befanden sich Säulen mit Verzierungen und Mosaiken.

Die Ritter schleiften Timo und Florian auf dem Boden und schmissen diese vor die Füße des Kaisers.

„Eure Majestät! Diese beiden haben wir dabei erwischt, wie sie sich im kaiserlichen Garten herumgetrieben haben. Es sind die beiden Jungs, die sich vor einem Jahr vor dem Schlosstor herumgetrieben haben", sagte der große Ritter. Die Miene von Johannes VIII. verfinsterte sich nun und dieser stand von seinem Thron auf. Danach starrte er Timo und Florian an. „Ich schätze mal, ihr beide seid erpicht darauf im Kerker zu landen! Hatte ich euch vor einem Jahr nicht von meinem Grund und Boden verwiesen und gesagt, ihr sollt euch auf meinem Grundstück nicht mehr blicken lassen! Und gerade jetzt werdet ihr hier wieder erwischt! Ich halte mich für einen gerechten und christlichen Kaiser, aber ihr beide macht mich jetzt wirklich zornig! Das hier ist mein Privatgrundstück und nur meine Ritter und Bediensteten haben hier Zutritt und nicht irgendwelche Kinder von der Straße! Mein Garten ist kein offener Spielplatz!", zischte Johannes VIII. und seine Stirn pulsierte vor Wut. „Eure Majestät! Wir sind aus dem einen und selben Grund hier, wie vor einem Jahr. Wir suchen jemanden, den wir verloren haben und zwar unseren älteren Bruder. Er wollte unbedingt Ritter werden und ist deshalb von zuhause weggelaufen! Und unserer Frage lautet immer noch an Sie, ob in letzter Zeit neue Krieger ausgebildet wurden. Das letzte Mal haben Sie uns nämlich einfach im Regen stehengelassen und sind mit Ihren Rittern davon geritten!", erinnerte Florian und verschränkte seine Arme. „Ich hatte wichtigere Dinge zu tun, als mich auf Fragen von minderjährigen Straßenknaben einzulassen! Die Osmanen standen vor den Toren von Warna und die mussten vertrieben werden", erklärte der Kaiser. „Und wurden in letzter Zeit neue Ritter bei Ihnen ausgebildet?", fragte Timo. „Na schön! Ich beantworte eure Frage. Aber danach möchte ich, dass ihr meinen Grund und Boden verlasst und zurück nach Konstantinopel oder wo auch immer ihr herkommt geht!", sagte der Kaiser streng. „Ja, eure Majestät. Wir werden Sie dann nicht mehr belästigen, Ehrenwort", versprach Timo und erhob seine Hand. „Gut! Es wurden keine weiteren Ritter ausgebildet. Dafür war einfach keine Zeit, in diesen schweren Zeiten der Belagerung. Ritter, die sich erst in einer Ausbildung befinden, sind noch zu unerfahren und unnütz, um sie gleich in eine Schlacht zu schicken. Die verliere ich ja gleich wieder. Jetzt habt ihr meine Antwort und jetzt hinfort mit euch und zwar endgültig. Meine Ritter werden euch jetzt entketten und dann hinausführen", sagte Johannes

VIII. und setzte sich wieder zurück auf den Thron. Timo und Florian wurden schließlich wieder entkettet und von den Wachen hinausgeführt. „So! Raus mit euch und lasst euch hier nicht noch einmal ein drittes Mal blicken, denn dann werden wir wirklich unangenehm", sagte der große Ritter und klopfte gegen sein Schwert, dass sich an der Seite befand. Als sie dann draußen waren, gingen die Tore mit einem Schlag zu.

„Tja, jetzt waren wir echt für die Katze hier!", ärgerte sich Timo. „Nun ja, wir konnten ein wenig vom Innern des Schlosses sehen, sahen einen Ritterturnierplatz und waren im kaiserlichen Garten." „Wir können froh sein, dass uns der Kaiser nicht in ein Verlies gesteckt hat", sagte Timo. „Ich dachte, du magst es Geschichte hautnah zu erleben." „Das mag ich ja auch, aber ich möchte nicht in irgendeinem Kerker landen und dort verhungern", erwiderte Timo. „Es gibt noch viel Schlimmeres, wie wenn man zum Beispiel geköpft wird", sagte dann Florian. Dieser erhöhte jetzt wieder das Jahr und gab als Ziel diesmal wieder die Stadt Konstantinopel ein. Danach ergriff er die Hand von Timo und drückte auf den grünen Knopf. Beide tauchten schließlich im Konstantinopel des Jahres 1445 auf.

Die erste Spur

Konstantinopel, 1445:

In der Stadt war es noch genauso, wie vor 2 Jahren. Es hatte sich nichts verändert. Menschen gingen ihren alltäglichen Beschäftigungen nach. Die Gassen waren voll, fast überfüllt. Timo und Florian mussten sich durch das Gedränge kämpfen. „Mann! Das ist einfach nur unbequem! In diesem Gedrängel werden wir Tobias nie finden", stöhnte Timo. „Nur Geduld. Irgendwann müssen wir ihn finden, es sei denn, meine Berechnungen haben tatsächlich versagt", gab Florian zu. „Weißt du was? Vielleicht sollten wir mal außerhalb der Stadt nachschauen. Als wir bei Konstantin den Großen im Legionärsausbildungslager waren, befand sich dieses etwas außerhalb von Konstantinopel in der Nähe seiner Residenz. Es besteht sogar die Möglichkeit, dass dieses Lager noch existiert", dachte Timo nach. „Timo, das war doch im Jahr 330, als das Byzantinische Reich noch oströmisch war. Und jetzt schreiben wir schon das Jahr 1445. Das ist schon genau 1115 Jahre her. Das war vor einem Jahrtausend", erklärte Florian. „Wir haben doch die Zeitreiseuhr und können das ganz genau überprüfen." „Du meinst also, wir sollten uns einfach

noch einmal zurück in das Jahr 330 befördern?",
stellte Florian in Frage. „Warum denn nicht? Wir
durchqueren die alte römische Stadt und gehen zu
der Stelle hin, wo sich das Ausbildungslager befindet. Natürlich ohne das uns irgendwelche Legionäre
entdecken. Und dann befördern wir uns wieder zurück in das Jahr 1445", schlug Timo vor. „Nun ja,
das ist zwar außerhalb unserer Planung, aber ich
denke mir, dass wir das doch tun müssen. Denn hier
weiß ich nicht mehr, wo genau sich dieser Platz befindet", erwiderte Florian.

Sie versuchten sich wieder aus dem Gedränge zu
lösen. Als dies geklappt hatte, verschwanden sie in
eine Gasse, die voller Dreck war. Dort dampfte Mist
und es liefen Ratten herum. „Oh Shit! Die dürfen uns
auf keinen Fall zu nah kommen, sonst infizieren die
uns mit Typhus!", hetzte Florian. Die Ratten näherten sich ihnen aber dann quietschend und sabbernd.
„Nichts wie weg!" Florian und Timo sprangen rück-
wärts, Florian tippte in seiner Zeitreiseuhr schnell
das Jahr 330 ein und mit einem Blitz verschwanden
sie in diese Zeit.

Konstantinopel, 330:

Sie tauchten in der gleichen Gasse auf, nur diese war
jetzt etwas sauberer. Die Gebäude neben ihnen wa-

ren jetzt römische Thermen. „So, da wären wir. Jetzt sind wir mal kurz wieder im Jahr 330. Wir bleiben hier aber nicht allzu lange", sagte Florian. Sie setzten sich in Bewegung und durchquerten die wieder römische Stadt, mit den römischen Gebäuden. Aber es gab immer noch teilweise Gebäude, die griechisch waren. Dabei passierten sie Bürger, die eine römische Toga trugen und sich in Latein unterhielten. Sie sahen sogar einen Wagen mit einem Pferdegespann an ihnen vorüberfahren. „Hier sind die Gassen wenigstens noch nicht so überfüllt, wie in 1115 Jahren", sagte Timo und atmete tief durch. Nach einem längeren Marsch erreichten sie die Stelle, wo sich das Legionärsausbildungslager befand. Man konnte sogar den Ausbilder hören, der den angehenden Legionären Dampf machte. „So, hier ist das Ausbildungslager und jetzt befördern wir uns wieder zurück in das Jahr 1445, bevor wir hier von denen entdeckt werden", sagte Florian, zeigte auf zwei wachsame Legionäre und änderte wieder das Datum in seiner Zeitreiseuhr. Danach betätigte er den Knopf und mit einem Blitz entschwanden sie wieder in der Zeit.

Konstantinopel, 1445:

Sie landeten jetzt an einem freien Platz, der mit kräftigen Mauern umgeben war. In der Mitte stand ein großer Baum mit einer breiten Krone. An einer Stelle der Mauer befand sich ein Loch, welches zu einer hölzernen Tür führte. Diese hatte einen verrosteten Riegel. Die beiden Freunde ahnten jetzt nicht, dass sie sich wieder auf dem Grundstück von Kaiser Johannes VIII. befanden. Sie gingen auf die Tür zu und entriegelten diese. Als die Tür quietschend zur Seite fiel, erblickten sie einen Bunker mit Ritterrüstungen, teilweise fehlten schon Teile und andere Rüstungen waren blutig oder verbeult. „Okay, hier werden also die Ritterrüstungen aufbewahrt", sagte Florian. „Ich würde mal sagen, bei diesen Ritterrüstungen handelt es sich um ausgediente Rüstungen. Da fehlen sogar schon teilweise Teile." „Igitt, da sind sogar blutige Rüstungen dabei", ekelte sich Florian dann.

Timo entdeckte anschließend etwas Funkelndes im Sand liegen. Er hob es auf und hatte plötzlich seine Zeitreiseuhr in der Hand. „Hey! Ich hab was gefunden. Es ist meine Zeitreiseuhr! Das bedeutet, dass Tobias hier in dieser Zeit ist", strahlte Timo. „Super gemacht, Timo! Jetzt sind wir wenigstens einen großen Schritt weiter", erwiderte Florian erleichtert. Hinter ihnen tauchten dann aber plötzlich zwei Ritter auf, die nicht sehr erfreut aussahen, als sie Timo und Florian sahen. Es waren genau die Ritter, die sie vor einem Jahr aus dem Schloss geführt hatten. „Ihr schon wieder! Hatte der Kaiser euch nicht ausdrücklich verboten, sein Grundstück noch einmal zu betreten! Und schon werdet ihr hier nach einem Jahr wieder erwischt!", rastete der größere Ritter aus und zog sofort sein Schwert. „Jetzt haben wir es aber wirklich satt mit euch jungen Knaben! Wir hatten euch vor einem Jahr gewarnt, dass wir unangenehm werden, wenn wir euch hier ein drittes Mal erwischen! Und jetzt ist es so weit! Verschwindet von hier, ansonsten habt ihr ein Loch im Rücken!", drohte der Ritter. Dieser wollte dann mit seinem Schwert ausschlagen. „Nichts wie weg!", forderte Florian und rannte mit Timo davon, bis sie das Schlosstor erreichten und dort hinausstürmten. Danach waren sie außer Puste. „Toll! Jetzt waren wir schon das dritte Mal auf dem Grundstück von Kaiser Johannes VIII." „Aber wir wissen jetzt, dass Tobias hier in dieser Zeit ist", beruhigte Timo. „Aber hier kriegen wir ihn garantiert nicht so leicht weg! Diese Ritter wollten eben gerade Hackfleisch aus uns machen", erwiderte Florian. „Aber irgendwie müssen wir ihn aus der großen Burg da rausholen." „Ich hab's! Wir müssen mit ihm sprechen, aber mit seinem älteren Ich und ihm alles sagen, was passieren wird, wenn er sich hier zum Ritter ausbilden lässt", schlug Florian vor. „Tobias war mal mein Rivale, vergiss das nicht. Er hat einen sehr kämpferischen und dominanten Charakter. Und das macht die Sache doppelt so schwer. Wenn er kämpfen will, wird er seinen Willen durchsetzen, sogar bei einem Kaiser oder König. Er wird für Byzanz in den Krieg ziehen und für Konstantinopel sterben, auch wenn er dort nicht geboren wurde. Wir haben es ja auf dem Bild gesehen", erklärte Timo. „Wir müssen es aber versuchen! Es ist nicht gut, wenn eine Person, die im 21. Jahrhundert lebt, sein Leben im 15. Jahrhundert verliert. Das könnte nämlich auf Dauer den Lauf der Geschichte etwas durcheinanderbringen und das wollen wir ja verhindern", erklärte Florian. „Ändert sich da auch unsere Zukunft?", fragte Timo vorsichtig. „Ja und auch nein. Unser Leben wird normal weiterlaufen, aber das Leben von Tobias wird nach und nach ausgelöscht und irgendwann wird er aus unserem Gedächtnis und dem Gedächtnis seiner Eltern verschwunden sein, als ob er nie geboren wurde", warnte Florian.

Wenn Tobias noch sein Rivale und Demütiger gewesen wäre, dann hätte er Freudensprünge gemacht, aber dies war ja nicht der Fall. Deswegen bekam er einen entsetzten Gesichtsausdruck. „Was! Das kann wirklich passieren!", rastete Timo aus. „Ja, das kann passieren. Sogar uns kann so etwas passieren, wenn wir in der Vergangenheit nicht aufpassen und dort herumfuschen", erklärte Florian. „Nun ja, als wir in der Schlacht im Jahr 330 gekämpft haben, war das schon echt haarscharf", erinnerte Timo. „Erinnere mich bitte nicht mehr daran. Es war zwar eine sehr spannende Erfahrung in so einer Legion zu kämpfen, aber ich würde das kein zweites Mal mehr tun", sagte Florian. „Sollten wir nicht langsam unsere Uhren in Gang setzen und zu Tobias reisen?", erinnerte Timo. „Okay, dann nichts wie zum letzten Herrscher des byzantinischen Reichs. Dort müssten wir Tobias eigentlich schon als Ritter antreffen, vorausgesetzt seine Ausbildung war beim Regierungsantritt des letzten Kaisers schon vollendet." „Das garantiere ich dir." Und so reisten sie beide mit der Zeitreiseuhr weiter.

Kaiser Konstantin XI.

Konstantinopel, 1448:

Sie landeten nun im Konstantinopel des Jahres 1448. Überall befanden sich Bürger auf der Straße. Diese trugen spätmittelalterliche Kleidung und waren regelrecht unruhig und aufgeregt. Die Straßen waren wie bei einem festlichen Anlass mit Flaggen geschmückt, auf denen sich der Doppeladler der kaiserlichen Dynastie der Palaiologen befand. Florian und Timo gingen durch die Gasse und schauten umher. „Wahnsinn!", staunte Florian. „Irgendwann müsste er auftauchen", kam es dann von Timo. Nach mehreren Schritten sichteten sie jemanden, der ihnen bekannt vorkam. Es handelte sich um die Frau, mit der sie sich schon vor 5 Jahren über die Familie unterhalten hatten. Und von der sie das Brot geschenkt bekamen, dass sie schon zur Hälfte aufgegessen hatten, als sie vor den Schlosstoren warten mussten. Sie gingen dann zu der Frau hin und begrüßten sie. „Hallo, wir hatten uns doch vor 5 Jahren mal über Ihre Familie unterhalten." „Oh, hallo ihr zwei. Wie geht es euch denn?", fragte die Frau freundlich. „Uns geht es wirklich sehr gut. Das Brot, das sie uns gegeben hatten, war wirklich klasse", lobte Timo. „Ich habe euch ja gesagt, es ist das beste Brot, was man hier bekommen kann." Danach schaute sie den beiden Jungen genau in das Gesicht und fuhr fort: „Oh, ihr habt euch in den letzten fünf Jahren so gut wie gar nicht verändert. Ihr seid kein bisschen gealtert. Wie macht ihr das denn?", fragte dann die Frau. „Nun ja, wir halten uns jung", antwortete Florian. „Wir sehen nun mal jünger aus, wie wir sind und werden so auch eingeschätzt", erwiderte Timo. „Hoffentlich lebt ihr noch sehr lange." „Ach, darüber müssen Sie sich keine Gedanken machen. Das werden wir auf jeden Fall", beruhigte Florian.

Anschließend tat sich etwas am Ende der Straße. Florian und Timo sahen, wie zwei Ritter mit Flaggen am Horizont auftauchten. Ihnen folgten dann andere Adelige, darunter auch Leute von der byzantinischen Kirche, Ritter und andere Leute des Hofes. Hinter Ihnen befand sich ein Mann mit einer mit Brillanten besetzten Krone. Der Umhang dieser Person sah ebenso aus und wehte im Wind. Bei dem Mann handelte es sich um den letzten byzantinischen Kaiser Konstantin XI. In der linken Hand trug er ein goldenes Kreuz mit Brillanten. Er hatte einen dunklen Vollbart und volles schwarzes Haar.

Keiner in Konstantinopel ahnte, dass er der letzte Kaiser des byzantinischen Reichs sein würde und er sein Reich an die Osmanen verlieren wird.

An diesem heutigen Tag wurde er von vielen Bürgern gefeiert. Viele jubelten ihm hinterher und er winkte in die Menge. Irgendwann befand er sich an der Stelle, wo sich Timo und Florian befanden.

„Das ist er! Kaiser Konstantin XI." „Ich hoffe, er bewahrt weiter den Frieden in unserer Stadt und in unserem Reich. Den Osmanen darf es nicht gelingen, das hier alles zu zerstören und zu erobern. Es wäre undenkbar hier dann weiter zu leben", sagte die Frau in das Gespräch von Timo und Florian hinein.

Ritter Tobias

Florian und Timo mussten jetzt schweigen und die passierenden Ritter beobachten. Dabei entdeckten sie wieder drei bekannte Gesichter. Es waren die Ritter, die sie vor vier Jahren aus dem Schloss begleitet hatten. Diese drehten ihre behelmten Köpfe in Richtung der beiden und bekamen sofort wieder den bösen Blick. Sie gingen aber dann weiter ihres Weges. „Die sind ja immer noch da", sagte dann Timo zu Florian überrascht. „Ja, ich hab's gesehen."

Als die beiden Freunde in Richtung Kaiser schauten, entdeckten sie schließlich ihren Klassenkameraden, voll ausgebildet als Ritter. Er war einer der Flaggenträger, auf der das Wappen des Kaisers war, die Timo und Florian als erstes gesehen hatten. „HEY! Da ist er", zeigte dann Timo. „Dann nichts wie hinterher!", forderte Florian. „Aber, was ist mit diesen Rittern? Wenn die uns ein viertes Mal erwischen, dann machen sie kurzen Prozess und durchlöchern uns jetzt wirklich", erklärte Timo. „Na? Hast du jetzt etwa die Hosen voll?", fragte Florian und grinste seinen Freund an. „Nein, habe ich nicht. Hast du nicht gesehen wie die uns angeschaut haben? Ich denke mir, wenn Blicke töten könnten, dann wären wir schon längst tot", erklärte Timo. „Wir müssen das Ganze echt geschickt angehen. Ohne, dass uns diese Ritter in die Quere kommen. Und jetzt hinterher!", forderte Florian auf. Timo und Florian nahmen die Beine in die Hand und stürmten hinterher. Sie mussten jetzt aufpassen, dass sie Konstantin XI. und ihren Klassenkameraden nicht aus den Augen verloren. Und kein anderer Ritter des Kaisers durfte sie sehen.

Tobias saß wie ein Erwachsener auf seinem Schimmel mit hoch erhobenem Haupt. Er trug sogar eine goldene Rüstung. Hinter ihm am Rand des Weges jubelten Bauern bei einer Scheune aus Holz: „Hoch lebe der Kaiser! Hoch leben die edlen Ritter!"

97

Dies genoss er förmlich. Mit anderen Worten fühlte er sich sehr wichtig und dem Kaiser sehr nah. „Eure Majestät, es ist mir eine große Ehre, für Sie zu dienen. Es war großartig von Ihrem Vater, dass er mich zu dem gemacht hat, der ich jetzt bin. Möge er in Frieden ruhen. Ich tue alles dafür, dass der Frieden hier erhalten bleibt und Konstantinopel weiter eines der mächtigsten Städte im Reich bleibt", sagte Tobias fest entschlossen. „Ich hätte es auch nicht anders von dir erwartet, mein guter Tobias", sagte Kaiser Konstantin XI. „Egal was in der weiteren Zukunft auf mich zukommt. Ich werde kämpfen bis zum Schluss und die Osmanen in die Knie zwingen!", sagte Tobias großmäulig. „Du solltest dich nicht zu übernehmen, mein guter Tobias. Du bist ein großartiger Ritter, aber die Osmanen sind wirklich ein sehr starker Gegner. Sie sind nicht zu unterschätzen. Bis jetzt hat es zwar keine weiteren Angriffe von ihrer Seite gegeben, aber wir müssen auf der Hut sein. Irgendwann werden sie es wieder versuchen, mein kostbares Reich zu erobern und dann müssen wir kämpfen", sagte der Kaiser.

‚Der Tag wird bald kommen. In fünf Jahren ist es so weit und dann schlägt meine Stunde. Ich werde sie mit den anderen Rittern bekämpfen und in die Knie

zwingen und dann in die Geschichte eingehen',
dachte Tobias.

Wird es ihnen gelingen, ihren Klassenkameraden vor
dem Tode beim Fall von Konstantinopel am 29. Mai
1453 zu bewahren. Werden sie es schaffen, Tobias
zur Vernunft zu bringen?

Die Antwort erfahrt ihr im nächsten Kapitel von der
Geschichte.

Ende des ersten Kapitels

Fortsetzung folgt …

Kapitel 2

Rückblick

Um sich zu wehren, hatte sich Timo Schwarz mit seinem Rivalen Tobias Hasenpflug ein römisches Duell geliefert. Darauf landete dieser mit einem angebrochenen Bein im Krankenhaus. Timo kassierte daraufhin an diesem Tag sogar seinen allerersten Verweis und bekam 4 Wochen Hausarrest.

Danach plagen ihn Gewissensbisse und er fährt sogar in das Krankenhaus, um seinen Rivalen zu besuchen. Nach einem längeren Gespräch mit seinem Rivalen wird dieser später sogar zu seinem Freund.

Als Tobias wieder in die Schule kommt, ist dieser nur sehr kurz da, weil er beim Test von Timos Zeitreiseuhr an das Ende vom byzantinischen Reich katapultiert wird.

Später taucht er als Ritter auf einem Bild im Geschichtsbuch, bei dem es um die Schlacht von Konstantinopel geht auf; tot im Vordergrund liegend. Darauf wissen Timo und Florian, dass ihr Klassenkamerad bei der Schlacht um Konstantinopel 1453 gefallen ist und setzen alles dran, ihren Klassenkamerad zu suchen und nehmen die Jahre 1443-1448 unter die Lupe. Während dieser Suche bekommen die beiden auch noch ein Problem mit Kaiser Johannes VIII. und seinen Rittern.

Im Jahr 1448 sichten sie schließlich ihren Klassenkameraden und zwar als voll ausgebildeten Ritter hinter Kaiser Konstantin XI. Sie beschließen sich dann, dem Kaiser zu folgen, um zu ihrem Klassenkameraden zu gelangen.

Hinterher!

Konstantinopel 1448:

Von Gasse zu Gasse schlichen sie dem Kaiser hinterher und versteckten sich immer wieder an Ecken oder sprangen in Strohhaufen.

„Wie die uns angesehen haben. Wenn Blicke töten könnten, dann wären wir schon tot umgefallen", widerholte Timo schon zum dritten Mal. „Timo, ich weiß Bescheid. Du musst das nicht ständig wiederholen", sagte Florian. „Diese Kerle machen mich aber echt nervös. Wenn die uns ein viertes Mal erwischen ist es mit allem aus und wir sind tot. Und dann können wir Tobias nicht mehr kerngesund in die Gegenwart zurückbringen, weil wir dann entweder tot im Verlies liegen oder kopflos auf einem Leichenhaufen." „Das ist mir schon klar und genau deshalb passen wir auf, dass es nicht dazu kommt. Wir sind ein Ticken schlauer, als diese Ritter, weil wir mehr wissen als sie und aus dem Jahr 2015 stammen", beruhigte Florian. „Aber die kennen sich hier trotzdem besser aus als wir, weil sie hier leben und geboren wurden", erwiderte Timo. „Beruhige dich bitte wieder! Wir verlieren sie bald aus den Augen. Hinterher!", forderte dann Florian und beide mussten nun einen Zahn zulegen.

Irgendwann erreichten sie das Schloss, welches etwas anders aussah, als sie es das letzte Mal besucht hatten. Es kamen zwei Türme dazu und die Mauer wurde verstärkt und noch mit zusätzlichen Kanonen ausgestattet. Kaiser Konstantin XI. verschwand dann mit seiner Schar Ritter, Bedienstete und anderen Adeligen durch die offenen Tore. Timo und Florian befanden sich im Gebüsch und beobachteten alles. Sie waren aber nicht alleine, denn direkt neben Timo lag ein toter Mensch in Form eines Skelettes. „Oh mein Gott!", sagte er geschockt und sprang zurück. „Ach, das ist doch nur irgendein Skelett." „Nur ein Skelett? Das hat mich aber echt zu Tode erschreckt. Wenn diese blöden Ritter uns erwischen, sehen wir genauso aus", sagte Timo und schüttelte sich bei diesem Gedanken. „Pssst, sei bitte ruhig!", forderte dann Florian. Irgendwann waren auch die letzten verschwunden und anschließend setzten sich Timo und Florian in Bewegung und rannten durch die Tore. Diese wurden dann von zwei Torwächtern geschlossen, die Florian und Timo glücklicherweise nicht sahen, weil sie sich auf ihren Job konzentrierten. Timo und Florian huschten weg und blieben dabei in geduckter Körperhaltung. Als sie die kaiserlichen Büsche, die edel geschnitten waren erreichten, schlupften sie durch das Unterholz und waren verschwunden. „Oh mein Gott, wir sind wieder auf dem Grundstück", jammerte Timo. „Mensch Timo, was ist denn mit dir los? Ich dachte dir macht es Spaß, Geschichte hautnah zu erleben und jetzt stellst du dich an wie ein kleines Kind", fragte Florian. „Mir macht es ja auch Spaß, Geschichte hautnah zu erleben, aber wenn man irgendwelche Ritter gegen sich hat, die uns am liebsten tot sehen würden macht das keinen Spaß mehr", erklärte Timo. „Keine Sorge, diesmal werden die uns nicht erwischen", versprach Florian. „Ich hoffe, dass du wirklich Recht behältst." „Uns hat bis jetzt keiner hier gesehen, noch nicht einmal die Torwächter", erklärte Florian und versuchte seinen Freund zu beruhigen. „Die können uns wieder unverhofft erwischen, so wie es das letzte Mal war. Ich hätte ehrlich nicht gedacht, dass es so schwierig wird, an Tobias heranzukommen." „Das hätte ich dir sagen können. Er ist jetzt ein voll ausgebildeter byzantinischer Ritter. Wir müssen das Ganze geschickt angehen. Am besten wäre es, wenn wir uns selber als Ritter verkleiden. In dem Schuppen, wo wir vor drei Jahren waren, standen genug gebrauchte Rüstungen. Wir müssen nur zu diesem

Schuppen gelangen und dann sind wir schon einen großen Schritt weiter", sagte Florian.

„Oh ja! Ihr seid einen großen Schritt weiter und zwar zu eurer Verurteilung und Hinrichtung! Kommt aus eurem Versteck raus und zwar sofort, sonst schneiden wir hier schon eure Eingeweide heraus!", ertönten drei kräftige Stimmen. Timo und Florian gefror dann das Blut in den Adern, als sie die Stimmen der Ritter hörten. „Oh Shit! Ich wusste es!", fluchte dann Timo. „Lauf!", forderte Florian.

Aber dazu kam es nicht, weil sie schon umstellt waren. Mehrere Ritter standen mit gezuckten Schwertern um sie herum, darunter die wohl bekannten Ritter, die sie schon mehrere Jahre am Hals hatten an der Spitze.

Die Verurteilung

„So sieht man sich wieder, ihr Burschen! Dachten
wir uns doch, dass wir euch wieder hier finden,
nachdem wir euch in der Menschenmenge gesichtet
hatten. Eine perfekte Falle! Nicht wahr? Hier kommt
ihr aber jetzt nicht mehr lebend weg! Das garantieren
wir euch! Legt sie sofort in Ketten und dann vor den
Kaiser mit ihnen!", befahl der Anführer. Und das
geschah dann auch. Brutal wurden sie schließlich in
Ketten gelegt und auf den Boden weggeschleift. Als
sie im Innern des Schlosses ankamen, wurden sie vor
die Füße von Konstantin XI. geschmissen, der dann
bebend vom Thron aufstand. „Was geht hier vor?
Wer ist das?", fragte er mit bebender Stimme und
starrte auf die wehrlosen Knaben am Boden. Seine
Blicke durchbohrten beide wie ein abgefeuerter
Pfeil. „Eure Majestät! Darf ich vorstellen, zwei nie-
derträchtige Eindringlinge, die auf dem kaiserlichen
Grundstück herumspionieren!", log der Anführer der
Ritter. „Was! Spione!", fauchte Konstantin XI. dann.
„Eure Majestät! Wir sind doch keine Spione!", verteidigte sich Timo. „**Schweigt!** Ich habe euch nicht
gestattet zu sprechen!", zischte der Kaiser und setzte
sich bebend auf seinen Thron zurück. „Eure Majes-

tät, diese beiden Knaben beobachten wir schon seit dem Jahr 1443. Dort befanden sie sich schon vor dem Grundstück und beobachteten es. Zu dieser Zeit regierte noch Ihr Vater Johannes VIII. Möge er in Frieden ruhen. Und genau ein Jahr später werden sie innerhalb des Grundstücks erwischt, wie sie dort herumschnüffeln. Da haben wir sie schon das erste Mal festgenommen. Sie lagen dann genau dort vor den Füßen Ihres Vaters, genau an der gleichen Stelle, wo sie jetzt liegen nur waren sie da noch nicht so wehrlos, wie jetzt! Sie wurden damals schon von Ihrem großartigen Vater verwarnt, haben diese War-nung aber nicht ernst genommen, denn genau ein Jahr später erwischen wir sie wieder auf dem Grund-stück. Vor dem Waffenlager! Ich schätze mal, dass sie sich der kaiserlichen Waffen bedienen wollten um ein Attentat auf Ihren Vater zu verüben", log der große Ritter. „Das ist doch gar nicht wahr! Eure Ma-jestät, Ihre Ritter lügen Sie gerade voll in das Ge-sicht und Sie merken das nicht!", fauchte Timo. Die Hand des Ritters zuckte und wollte gerade nach dem Schwert greifen, bis dann wieder der Kaiser zu Wort kam. „Schweigt jetzt! Ich habe euch immer noch nicht gestattet zu sprechen und mein Wort ist das Gesetz!", zischte der Kaiser. „Aber eure Majestät! Wir würden niemals jemanden umbringen. Wir sind doch keine Mörder! Wir haben nur jemanden gesucht, der zu uns gehört", erklärte Florian. Bebend stand der Kaiser wieder von seinem Thron auf. „Meine Geduld ist gleich am Ende! Und wenn ihr nicht gehorcht, dann werde ich euch gleich in das Verlies sperren lassen!", zischte Kaiser Konstantin XI. Die Ritter fuhren schließlich fort. „Eure Majestät, ich erkläre diese beiden Knaben hier für schuldig! Seit dem Jahr 1443 sind jetzt schon insgesamt fünf Jahre vergangen und immer wieder tauchen diese beiden Knaben hier zufällig auf! Es gibt keinen Zweifel mehr. Diese beiden Knaben sind kaiserliche Gegner! Sie wollen Ihren Tod und wenn Sie sie nicht verurteilen, werden sie Euch irgendwann töten!", schuldigte der große Ritter an. Jetzt platzte Timo der Geduldsfaden. Er konnte es nicht mehr ertragen, wie die Ritter ihrem Kaiser in das Gesicht logen und die beiden als kaiserliche Feinde darstellten. Er pfiff auf den Befehl und schrie:

„Das ist doch alles überhaupt gar nicht wahr! Wir würden doch keinen Kaiser umbringen! Das ist alles erfunden von diesen elenden Halunken, die Sie Ihre Ritter nennen! Die wollen uns doch bloß aus dem Weg haben, weil sie es hassen, dass sie uns noch nicht früher erledigen konnten! Die haben nur einen Groll auf uns! Wir haben nichts Unrechtes getan!"

„Schnauze! Elender Gefangener!", fauchte der Ritter namens Siegfried und trat aus. Timo krümmte sich dann vor Schmerzen und brachte kein Wort mehr heraus. Der Kaiser dagegen war mit seiner Geduld jetzt endgültig am Ende und verurteilte Timo und Florian.

„FÜHRT DIE BEIDEN AB! In den Kerker mit ihnen! Mein endgültiges Urteil gebe ich heute Abend bekannt!", befahl der Kaiser und ging mit seinen Daumen, der voll Brillanten war nach unten. Die Ritter rieben sich dann ihre Hände, schnappten sich Timo und Florian so grob wie es nur ging und führten diese in den Kerker, in dem es feucht und dunkel war. Nur Fackeln an der Wand erhellten den Gang ein wenig, der zu den Verliesen führte. Auf ihrem Weg sprangen Mäuse weg und man konnte auch Ratten hören. Die Ritter brachten Timo und Florian in ein besonders feuchtes Verlies, wo schon Steine in der Wand fehlten. Dort wurden sie mit verrosteten Armketten an die Wand gekettet und zwar so, dass sie sich kaum noch rühren konnten und nur noch an der Wand herunterhingen. „Das war's für euch, ihr elenden Eindringlinge! Ihr seid tot! Das garantieren wir euch!", knurrte der Ritter, schmiss die Gittertür zu, schloss sie ab und verschwand mit den anderen Rittern wieder aus dem Verlies in Begleitung eines fiesen Lachens, dass dann wieder verstummte. „Ihr verdammten Dreckschweine!", zischte Timo und es hallte als Echo durch den Keller.

Im Verlies

War dies nun das Ende ihres Zeitreise Abenteuers? Würden sie jetzt etwa im Jahr 1448 ihr Leben verlieren?

„Diese verdammten Mistkerle!", fluchte Timo. „Lügen doch tatsächlich ihrem eigenen Kaiser voll in das Gesicht!", fluchte Florian. „Und der Kaiser glaubt ihnen sogar noch jedes Wort davon und wir konnten uns gar nicht richtig verteidigen, weil er uns nicht richtig zu Wort kommen lassen hat", sagte Timo. „Wir haben jetzt auf jeden Fall ein echt gigantisches Problem. Wir sind an die Wand gekettet und ich kann mich nicht richtig bewegen. Ich komme auch nicht an meine Zeitreiseuhr ran." „Ich auch nicht. Diese rostigen Ketten und Armringe sind einfach zu fest. Die schneiden sich fast in meine Arme rein", sagte Florian mit ein wenig Schmerz in seiner Stimme. Anschließend tauchten drei Mäuse am Boden auf, deren Fell klebte. „Das auch noch! Verseuchte Mäuse. Die können uns übrigens auch mit Typhus infizieren", warnte Florian. „Ja, ich weiß. Das 15. Jahrhundert ist ein Jahrhundert, das von der Pest geprägt war. Viele sind daran gestorben, hauptsächlich in Städten. Und die Pest, man nannte sie auch den schwarzen Tod, kam mit den Ratten und Mäusen in die Stadt, weil sich überall Jauchen befanden und andere Dreckplätze. Und so etwas zieht Ratten nun mal an", erklärte Timo. „Und besonders feuchte Kerker, wie dieser hier", sagte Florian. „Wir sind auch noch zusätzlich in einer Stadt, die an das Wasser gebaut wurde", sagte Timo zum Schluss.

Und dann tauchten schon stinkige Ratten aus den Löchern in der Wand auf. Diese quietschten, sabberten und tummelten sich vor den Füßen. Beide bekamen dann die Panik. „Das war's dann wohl! Wenn die uns mit ihren gelben Zähnen annagen, übertragen sie die Pest auf uns! Der Erreger befindet sich nämlich im Maul der Ratte und wird durch den Speichel übertragen! Wir werden dann elend zu Grunde gehen!", schrie Florian. „Ich will aber noch nicht sterben!", jammerte Timo. „Wir müssen diese Drecksviecher von uns fernhalten! Um jeden Preis", sagte Florian schnell. Sie versuchten mit aller Mühe die verseuchten Ratten von sich fernzuhalten, aber diese kamen immer wieder zurück. Und noch schlimmer war, dass mehr Ratten auftauchten. Der ganze Kerker stank schließlich nach Jauche und Verwesung und war erfüllt vom Quietschen der Ratten, die sich teilweise sogar bekämpften. Sie fraßen sich sogar teilweise auf. „Das ist ein Albtraum! Ein Albtraum, aus dem man nicht mehr aufwacht!", jammerte Timo. „Es kommen immer mehr von diesen ekligen, übel riechenden und von der Pest verseuchten Ratten. Wir sind erledigt!", schrie Florian.

Irgendwann abends öffnete sich wieder die Tür zu den Verliesen und es ertönten schwere Schritte. Zwei Ritter, die dem Kaiser die Lügengeschichte aufgetischt hatten, tauchten nun mit sich reibenden Händen und einem gemeinen Grinsen auf. Die Ratten huschten dann alle weg und verkrochen sich in ihren Löchern. „Ihr verdammten Mistkerle! Ihr seid so was von verlogen und hinterhältig!", fauchte Florian. „Ach wirklich? Sind wir das? Wie schön, danke für das Kompliment. Kaiser Konstantin XI. hat uns aber alles geglaubt, was wir ihm erzählt haben und hat … jetzt ein wunderbares Urteil gefällt." Der Ritter rieb sich nun noch mehr seine Hände. „Ja, und zwar lautet das Urteil Tod durch Enthauptung! Ihr werdet genau in drei Tagen auf dem Schafott als kaiserliche Feinde hingerichtet und zwar öffentlich, wenn euch nicht vorher schon die Ratten auffressen, a ha, ha, ha!", lachte der bärtige Ritter. „WIR HABEN NICHTS UNRECHTES GETAN! Und das wisst ihr ganz genau!", schrien Florian und Timo zusammen. „Ihr habt mehr als genug verbrochen und jetzt werdet ihr dafür mit eurem Leben bezahlen!", fauchte

der Ritter. Dieser verschwand dann wieder mit seinem Kollegen aus dem Verlies. Als ein paar Minuten
verstrichen waren, tauchten auch wieder die Ratten
in ihren Löchern auf.

Rattenplage

Und diese wurden rasch wieder zur Mehrzahl, fast schon zur Plage. Die Ratten fauchten und sprangen an Timo und Florian hoch und wollten sie annagen. Diese wehrten die Ratten so gut wie sie konnten mit ihren Füßen ab. Sie kamen aber immer wieder zurück und sprangen erneut hoch. „Hier muss sich irgendwo ein Nest von diesen Drecksratten befinden, sonst wären das nicht so viele", sagte Timo schnell. „Und nicht nur ein Rattennest! Das ganze Verlies ist das Nest", erwiderte Florian. „Wir sind erledigt! Es gibt kein Entrinnen mehr! Es war wirklich ein schönes Leben", sagte Timo hoffnungslos. „Nein! Wir geben nicht auf! Auf gar keinen Fall. Wir dürfen diesen dreckigen Rittern nicht den Sieg gönnen." Florian nahm erneut seine letzte Kraft zusammen. Er zog so fest wie er noch konnte an den Armbändern, so dass er einen roten Kopf bekam. Und dann endlich geschah es. Es fielen noch mehr Steine zu Boden, die Ratten bekamen Panik und verschwanden in ihre Löcher. Die Verankerung hatte sich aus der Wand gelöst und Florian konnte seinen einen Arm wieder richtig bewegen. Danach musste er nur kurz ziehen, um die andere Verankerung aus der Wand zu lösen. Als er schließlich frei war, musste er erst einmal nach den Ratten austreten, die wieder zurückkamen. Als diese dann wieder entschwunden waren, machte er sich dran, seinen Freund zu befreien. „Beeil dich! Diese verseuchten Biester kommen wieder zurück!", warnte Timo. In der Tat, die Ratten kamen schon wieder zurück. „Da kommen sie!", schrie Timo. Florian wirbelte schnell herum und bekämpfte die sich wieder nähernden Ratten. Er trat um sich und warf Steine nach den kleinen Nagern. Diese wichen dann wieder zurück und verschwanden teilweise vollständig. Aber einige Exemplare wagten es noch einmal zurückzukehren und wollten wieder angreifen. „Das ist eine echte Rattenplage hier!", sagte Florian und wischte sich den Schweiß aus dem Gesicht. Auch diese Ratten wurden dann vertrieben und zwar mit der gleichen Abwehrmethode. Jetzt gaben die Ratten erst auf und kamen nicht mehr zurück und Florian konnte schließlich seinen Freund befreien. „Endlich sind diese elenden Fesseln ab", sagte Timo erleichtert. „Und jetzt nichts wie weg hier, bevor die Ratten wieder zurückkommen", forderte Florian auf. „Und wie wollen wir jetzt Tobias aufspüren?", fragte dann Timo. „In einer anderen Zeit. Wenn wir uns jetzt in dieser Zeit wieder vor dem Schloss herumtreiben, dann schnappen uns diese Ritter gerade wieder und stecken uns vielleicht noch in ein dunkleres Verlies mit Skeletten und dann werden wir mit Sicherheit in zwei Tagen auf dem Schafott hingerichtet", erklärte Florian. „Dann sollten wir uns jetzt am besten in das Schicksalsjahr von Byzanz befördern." „Was war noch einmal das Schicksalsjahr von Byzanz?", fragte Florian. „Byzanz ist am 29. Mai 1453 in einer bitteren Schlacht gefallen, da wo ja auch dann Tobias gefallen ist", antwortete Timo. „Dann reisen wir jetzt in das Jahr 1453", sagte Florian und tippte den Monat, den Tag und das Jahr in seine Zeitreiseuhr ein. Timo tat es ihm nach. „Wir müssen jetzt wirklich auf der Hut sein, wenn wir dahin reisen. Schließlich landen wir jetzt genau an dem Tag als Byzanz fiel. Wir sollten auf jeden Fall nicht unnötig in ein Kampffeld geraten, sonst sind wir auf jeden Fall tot und auch aus der Geschichte ausgelöscht", warnte Timo. „Wir werden aber leider ins Kampffeld geraten, das können wir leider nicht verhindern. In jeder Schlacht kommt man in das Kampffeld, das haben wir ja bei der Schlacht im Jahr 330 am eigenen Leib erfahren", erklärte Florian. „Wir können aber trotzdem so gut wie es geht im Verborgenen bleiben, auf Beobachtungskurs", erklärte Timo. Beide betätigten jetzt den grünen Knopf und verschwanden aus dem Kerker.

Die Schlacht um Konstantinopel

Beide landeten jetzt wieder außerhalb des Schlosses, weil Florian und Timo es so in die Zeitreiseuhr angegeben hatten.

Die friedliche Idylle der Stadt war nun vorbei. Überall in der Stadt wurde gekämpft und Kanonenschläge ertönten von weitem. Die Luft war erfüllt vom Hufgetrappel der Pferde und dem Kampfgebrüll von Rittern, die gegen die osmanischen Angreifer kämpften. Kanonenkugeln flogen gegen die Mauern der Stadt, Ritter schütteten eine heiße, schwarze Flüssigkeit auf die Angreifer, die vor Schmerzen schrien.

Timo und Florian befanden sich beim Schloss von Kaiser Konstantin XI. Dort herrschte jetzt Hochbetrieb und immer wieder stürmten Ritter aus den Toren. Aber Tobias war bei diesen Rittern dummerweise nicht dabei. Timo und Florian erkannten aber wieder die Ritter, die dem Kaiser vor 5 Jahren die Lügen aufgetischt hatten. „Oh nein! Das gibt's doch nicht! Die sind ja immer noch da", stöhnte Timo. „Wie hast du die denn jetzt erkannt?", fragte Florian. „Denen ihre alte klapprige Rüstung erkenne ich schon von weitem", antwortete Timo. „Die haben

118

aber jetzt andere Dinge zu tun, als uns zu jagen",
erklärte Florian.

Außerhalb der Stadt hatte Sultan Mehmed II. schon
sein osmanisches Lager aufgeschlagen, um seine
nächsten Züge zu planen. Er hatte sehr viele Kämpfer, noch viel mehr als Byzanz. Immer wieder wurden byzantinische Kämpfer erstochen oder einen
Kopf kürzer gemacht. Pfeile flogen auch wie ein
Schauer auf die Angreifer nieder.

Florian und Timo schlichen sich dann auf das kaiserliche Grundstück, zumindest als sie keine Ritter
mehr sahen. Jedes Mal schauten sie vorsichtig umher, während sie von Busch zu Busch gingen. Auf
dem Grundstück tat sich aber nichts und auch das
Schloss war verlassen, weil Kaiser Konstantin XI.
nicht da war und in der Schlacht mit seinen Rittern
versuchte, die osmanischen Angreifer zurückzudrän-
gen. Irgendwann erreichten Timo und Florian den
Bunker, in dem sich die alten und verbrauchten Ritterrüstungen befanden. Florian öffnete dann langsam
die Tür des Bunkers. Dort lagen sie dann, die verbrauchten Rüstungen. Es waren sogar mehr, als das
letzte Mal. „Oh Mann, wie sollen wir hier die passende Rüstung finden?", fragte Timo. Florian antwortete aber nicht sondern schaute die Rüstungen

durch. Manchmal nahm er sich auch einen Helm und probierte diesen an. Die Helme, die nicht passten, warf er klappernd zurück auf den Haufen. Er wühlte weiter herum und fand irgendwann einen Helm mit einem goldenen „T", und Brillanten rundherum. Damit sah dieser Helm edler aus, als die anderen Helme, war aber trotzdem schon ziemlich verbeult. „Hey Timo, schau mal", sagte er dann und zeigte den Helm. „Moment Mal. Dieser Helm muss Tobias gehört haben!" „Nach der Verzierung des Helms zu beurteilen, hat Tobias jetzt ein hohes Ansehen beim byzantinischen Heer. Und damit auch beim Kaiser", erklärte Florian. „Meine Fresse! Er führt ein großes Heer von Rittern an! Der Teufelskerl hat sich zu einer führenden Position hochgearbeitet. Das sieht ihm echt ähnlich!", platzte es aus Timo heraus. „Jetzt wissen wir, dass wir nach einer verzierten Rüstung Ausschau halten müssen, wenn wir dann da unten an der Front sind", sagte Florian. Beide suchten weiter nach einer passenden Rüstung und wurden irgendwann fündig. Aber bei den Rüstungen fehlten noch ein paar Teile, mal war es ein Gelenk und mal war es das Visier. „Mann, diese Rüstungen sind totaler Schrott", sagte Timo verärgert. „Aber wir müssen die trotzdem jetzt anziehen. Und am besten nehmen wir uns noch Schwerter aus der Waffenkammer mit,

damit wir uns verteidigen können, falls wir mitkämpfen müssen und das wird garantiert passieren",
erklärte Florian.

Als sie die Rüstungen anhatten, verließen sie klappernd den Bunker und gingen zur Waffenkammer.
Diese war aber leer. „Verdammt! Es ist wirklich kein
einziges Schwert mehr da. Noch nicht mal eine Lanze!", fluchte Florian. „Oh nein! Dann sind wir ja unbewaffnet", sagte Timo geschockt.

Sie schauten sich dann noch ein wenig auf dem kaiserlichen Grundstück um, in der Hoffnung doch
noch ein paar Waffen zu finden, aber vergeblich.
Auch als sie den Unterhaltungsplatz des Kaisers verließen, blieben sie ohne Schwert und Lanze. Und so
hatten sie jetzt keine andere Wahl, und mussten unbewaffnet in Richtung Front aufbrechen. Sie durchquerten nun Konstantinopel, das schon teilweise zerstört war und immer wieder begegneten sie hilflosen
Bürgern, die entweder panisch durch die Gassen
rannten oder schreiend und weinend vor einer Leiche
knieten, die sie auch an ihre Brust drückten. Es gab
sogar schon Kämpfe zwischen einzelnen Rittern auf
der Straße, die gegen eingedrungene Osmanen
kämpften. Florian und Timo hatten beide entsetzte
Gesichter. „Das ist ja grauenvoll", sagte Timo ent-

setzt und seine Hände gingen zum Gesicht. „Das kannst du laut sagen", erwiderte Florian.

„Ich brauche Verstärkung! Hilfe! Nein! AAAAH!", schrie ein kämpfender Ritter. Aber dann verschwand schon der Säbel des Osmanen in seiner Brust und er brach zusammen. Jetzt hatte der osmanische Kämpfer es plötzlich auf Timo und Florian abgesehen. Mit erhobenem Säbel stürzte er sich auf die unschuldigen Teenager. „Oh Shit! Nichts wie weg!", fluchte Florian. Beide rannten dann die Straße runter, die voller Leichen lag. Timo stolperte dann sogar über eine Leiche eines älteren Ritters und stürzte. „AUA!", schrie er. „Schnell Timo! Steh auf!", forderte Florian. Timo stand dann langsam auf und rannte mit Florian davon. „Ich habe dem Kerl doch überhaupt nichts getan." „Das lag jetzt daran, dass wir wie byzantinische Ritter aussehen", erklärte Florian.

Als beide dann nun den Rand der Stadt erreichten, wo sich auch die großen umkämpften Mauern von Konstantinopel befanden, die unter Beschuss waren, sahen sie erbitterte Kämpfe zwischen den Byzantinern und den Osmanen. Sogar der Kaiser befand sich inmitten eines Kampfes. Es gab schon sehr viele Krieger die am Boden lagen. Der Kaiser hatte eindeutig zu wenig Soldaten zur Verfügung und war zu schwach, um die Stadt zu verteidigen. Und Sultan Mehmed II. hatte mehr als achtmal so viele Kämpfer zur Verfügung. „Du meine Güte! Wenn wir hier in diesen Kampf geraten sind wir auf der Stelle tot!", sagte Florian entsetzt.

Timo war jetzt richtig mulmig im Bauch als er die große Schlacht um Konstantinopel mit eigenen Augen sah und dann noch fast zum Greifen nah. Die Osmanen besaßen große Kanonen und mehr als achtmal so viele Krieger wie Kaiser Konstantin XI.

Auf Beobachtungskurs

Timo und Florian versteckten sich in den nahe gelegenen Büschen, weg von den miteinander kämpfenden Kriegern und blieben auf Beobachtungskurs. Aber wie sollten sie ihren Klassenkameraden bei diesem Gewühle von Kriegern sichten? Es war regelrecht hoffnungslos und die Mission drohte zu scheitern. Wenn sie scheitern sollte, wäre die Zukunft ihres Klassenkameraden ausgelöscht.

„Wir haben keine Chance." Florian schüttelte langsam seinen Kopf und fuhr fort: „Es ist doch viel schwieriger, als wir vorher gedacht haben. Wie es momentan aussieht, können wir wahrscheinlich seinen Tod doch nicht verhindern." In seiner Stimme lag Hoffnungslosigkeit und er war schon kurz davor aufzugeben. Sein Finger befand sich schon kurz über der Zeitreiseuhr. „Sag mal, willst du jetzt etwa aufgeben?", fragte Timo und verschränkte seine Arme. „Mensch Timo! Schaue es dir doch an. Es sind zu viele Soldaten! Wir haben keine Chance gegen die und ohne Waffen sind wir erst recht erledigt", erklärte Florian. „Wir dürfen aber auf keinen Fall jetzt aufgeben", ermutigte Timo.

Während Timo und Florian auf Beobachtungskurs waren, sahen sie ein großes Heer von Rittern. Dieses Heer von Rittern kämpfte gerade mit einer osmanischen Streitmacht. Angeführt wurde dieses Heer von einem Ritter in edler Rüstung, der sehr geschickt mit dem Schwert umgehen konnte. Er konnte Ausweichmanöver ausführen, ohne dabei das Schwert zu verlieren. So schlug er sogar Saltos und kämpfte gleichzeitig mit seinem Schwert, so wie eine Spielfigur in einem Videospiel. Timo und Florian staunten, als sie das sichteten. „Wahnsinn! Der kämpft ja genauso, wie in einem Videospiel!" Sie erkannten aber noch nicht, dass es sich bei dem Ritter um Tobias handelte. Erst nach längerem Beobachten, erkannte Timo seinen ehemaligen Rivalen. „Moment mal! Das ist er! Dieser Ritter da vorne ist Tobias!", zeigte dann Timo. „Bist du dir da 100%ig sicher?", fragte Florian. „Ja! Er hat mir erzählt, dass er gerne solche Videospiele spielt, in denen es ums Kämpfen geht", antwortete Timo. „Wir können da aber nicht so mir nichts dir nichts in den Kampf platzen! Dann sterben wir!", erklärte Florian laut. „Wir müssen es aber tun! Das ist unsere Chance zu verhindern, dass er stirbt. Das ist die einzige Chance die wir jetzt haben", erklärte Timo. „Das ist Wahnsinn!" „Dann ist es halt Wahnsinn! Es ist aber die einzige Chance seinen Tod zu verhindern", erklärte Timo und wollte losstürmen. „Warte! Wenn du jetzt da rausstürmst, dann rettest du vielleicht das Leben von Tobias aber deines verlierst du!", erklärte Florian und wollte ihn zurückhalten. Aber Timo war schon von seinem Beobachtungskurs verschwunden. Er stürmte geradewegs in Richtung Kampffeld, wo sich Ritter Tobias befand. „KOMM ZURÜCK!", schrie Florian und erhob sich ebenfalls aus seinem Versteck. Und sofort wurden andere feindliche Krieger auf die beiden Freunde aufmerksam und zogen ihre Säbel und stürmten auf die beiden Freunde. „Oh Shit! Verdammt!", brüllte Florian. Dieser nahm sich dann das Schwert von einem gefallenen Ritter und wehrte die Säbel der Osmanen ab. Timo befand sich in der Nähe vom kämpfenden Tobias und brüllte: „TOBI! DU MUSST AUFHÖREN DAMIT! Du verlierst hier in der Zeit dein Leben, wenn du weiter kämpfst!" Aber Tobias reagierte nicht und kämpfte stur weiter. „Tobias! Wir müssen hier auf der Stelle weg!", schrie Timo. Aber Tobias reagierte immer noch nicht. Florian musste sich osmanische Krieger vom Leib halten, um sich zu seinen Freund Timo durchzukämpfen. Als es ihm schließlich gelang, zog er seinen besten Freund zurück. „Er hört mich nicht!" „Lass uns hier schnell verschwinden!", schrie Florian. „Aber was ist mit

Tobias?", fragte Timo. „Wir können hier nichts bewirken", erklärte Florian in ernsten Worten. In diesem Moment sahen sie, wie ein Pfeil auf Tobias zu
flog und dieser ihn traf. Tobias wankte und sein
Schimmel warf ihn ab. Er stürzte zu Boden und wurde von einem osmanischen Krieger erstochen. Er lag
dann genau an der Stelle, wo er beim Geschichtsbuch auf dem Bild lag. „NEIN!", schrie Timo.

Anschließend wurden sie hinterrücks von zwei osmanischen Kriegern überfallen, geschnappt und brutal abgeführt.

Vor den Füßen des Sultans

Sie befanden sich dann im großen osmanischen Lager und wurden zu einem großen Zelt geführt. Dieses war sogar edel verziert. Die beiden Wachen am Eingang verbeugten sich kurz und die Wesire betraten das königliche Zelt, in dem Sultan Mehmed II. mit einem cremefarbenen Turban und edler osmanischer Kleidung mit Gold verziert saß. Er zwirbelte sich in seinem Bart herum und erhob sich langsam von seinem Thron. Florian und Timo wurden vor die Füße des Sultans geschmissen. Der Sultan begann zu sprechen, erteilte einen Befehl aber Timo und Florian verstanden davon kein einziges Wort. „Ich verstehe kein einziges Wort, was er sagt", flüsterte Timo zu Florian. „Der Übersetzer ist auf die falsche Sprache eingestellt", erklärte Florian. „Dann stelle ihn bitte auf die byzantinische Sprache und auf die Sprache des Sultans ein", bat Timo. „Ich weiß nicht, ob das mit den zwei Sprachen gleichzeitig funktioniert", flüsterte Florian. „Er wird uns umbringen, wenn wir nicht antworten", erklärte Timo. Florian tat wie geheißen und stellte seinen Übersetzer um, aber so dass der Sultan es nicht mitbekam. Der Sultan begann dann noch einmal zu sprechen, aber lauter. „WER-

DET IHR JETZT WOHL VOR MIR NIEDERKNI-
EN!", schrie Mehmed II. Seine Stirn pulsierte vor
Wut. Beide überlegten nicht lange und knieten nieder. „So, und jetzt küsst mir bitte die Füße", befahl
der Sultan weiter. „Was? Wir sollen jetzt auch noch
die Füße küssen?", fragte Florian. „Werdet ihr jetzt
wohl gehorchen!", antwortete Mehmed II. bebend.
Und so küssten sie schließlich die Füße. „Erhebt
euch wieder", forderte der Sultan. Beide standen
schließlich wieder auf. „Mit eurer Stadt sieht es jetzt
gar nicht mehr so gut aus. Meine Kämpfer haben die
Mauern zum Einsturz gebracht. Ich bin eurem Kaiser
um Einiges überlegen. Er ist schwach und zwar sehr
schwach. Jahrhunderte lang sind meine Vorgänger
mit ihren Eroberungsplänen gescheitert, aber mir
gelingt es diesmal, die Stadt und das Reich zu unterwerfen und dann gehört es mir und meinem Volk.
Hier wird sich dann Einiges ändern. Ihr müsst nämlich wissen, dass Allah groß ist. Und dann herrschen
hier keine oströmischen Kaiser mehr sondern die
großen Sultane und ich bin einer davon. Konstantin
XI. ist der letzte Kaiser des byzantinischen Reichs,
dass ja nur noch ein sehr kleiner Fleck ist, im Vergleich zu früher. Er hat auch keine Nachfahren mehr.
Byzanz wird fallen und dann Platz für das Osmanische Reich machen, in dem ich dann herrsche", sagte

der Sultan mit erhobenen Haupt. „Und was hat das ganze jetzt eigentlich mit uns zu tun?", fragte Florian. „Ich stelle euch zur Wahl. Entweder schwört ihr mir hier und jetzt ewige Treue oder ihr werdet mit euren Anhängern auf der Verliererseite stehen und leider sterben. Ich gebe euch hiermit die Chance, dass ihr weiterleben dürft, als meine Untertanen und treuen Diener. Ihr seid nämlich noch sehr jung und müsst noch nicht gleich den Tod finden", erklärte Mehmed II. „Müssen wir jetzt auf der Stelle Treue schwören?", fragte Timo. „Das wäre besser für euch beide", antwortete Sultan Mehmed II. und zwirbelte sich wieder in seinem Bart herum. „Denkt darüber nach. Unsere Säbel sind schnell durch eure dünnen Hälse gefahren", erklärte der Wesir und strich kurz über die Klinge des Säbels. „Geben Sie uns bitte noch zwei Stunden Bedenkzeit", bat Florian. „Ihr kriegt von mir eine Stunde Bedenkzeit, nicht mehr und in dieser Zeit müsst ihr euch entscheiden ob ihr mir Treue schwört oder nicht. Trefft die richtige Entscheidung. Solltet ihr die falsche Entscheidung treffen, dann sieht es übel für euch aus und das wollen wir ja nicht", gestattete dann der Sultan und klatschte zweimal in seine Hände. Einer seiner Berater setzte sich dann in Bewegung und verbeugte sich vor dem Sultan. Der andere Berater, der strenger aussah blieb

stehen. „Ahmed, bringe die beiden bitte in das äu
ßerste Zelt“, befahl der Sultan anschließend. „Ja,
mache ich eure Hoheit.“ Er verbeugte sich erneut.
„So, dann folgt mir jetzt bitte und zieht bitte im Zelt
diese unansehnlichen Rüstungen aus“, sagte Ahmed
und ging voraus. Timo und Florian folgten dem bärtigen Mann mit dem dunkelroten Umhang und dem
mintgrünen Turban. Er führte beide in ein kleines
abgelegenes osmanisches Zelt mit edlen osmanischen Möbeln. „Fühlt euch hier wie zuhause. Und
denkt dran. Ihr habt nur eine Stunde Bedenkzeit.
Wenn die Sanduhr abgelaufen ist, müsst ihr eure
Entscheidung getroffen haben, ansonsten seid ihr des
Todes“, erklärte Ahmed und drehte eine goldene
Sanduhr um. Danach verließ er das Zelt wieder. Florian und Timo waren schließlich alleine. Innerhalb
des Zeltes konnten sie die großen osmanischen Kanonen hören, Schlachtrufe und schreiende Menschen. Sie hörten dann schließlich auch die Mauern
krachen.

Was sollten sie jetzt nur tun? Wenn sie dem Sultan
keine Treue schworen, dann würden sie beide den
Tod finden.

Eine Stunde Bedenkzeit

„Verdammt, was machen wir jetzt? Der Sultan verlangt tatsächlich, dass wir ihm ewige Treue schwören und das will ich nicht", regte sich Timo auf. „Mehmed II. erpresst uns, wenn man das so sieht", sagte Florian. „Das ist viel mehr als nur eine Erpressung. Er fordert uns auf, dass wir ihm uns unterwerfen. Das wurde mit vielen jungen Christen damals gemacht. Sie wurden dazu gezwungen, dem Sultan Treue zu schwören und damit auch den Glauben zu wechseln. Das ist eine typische Taktik, mehr Anhänger zu kriegen. Du siehst ja, was draußen los ist. Die Kriegerarmee, die der Sultan besitzt übertrumpft die byzantinische Armee um Längen. Die Osmanen besitzen ja auch noch Flotten und zusätzlich riesige Kanonen", erklärte Timo. „Es ist einfach nur hoffnungslos! Entweder schwören wir dem Sultan Treue oder er lässt uns umbringen! Tobias ist schon in der Schlacht gefallen", sagte Florian unter Druck gesetzt. „Warum musste dieser Idiot auch ausgerechnet eine Zeitreise in die Vergangenheit unternehmen und das mit meiner Zeitreiseuhr! Wenn er es nicht getan hätte, dann wären wir jetzt gar nicht erst hier. Und Tobias wäre noch am Leben!" „Du hast ihm doch

von unserem Abenteuer im Jahr 330 erzählt, du hast
ihm von der Ausbildung zum Legionär erzählt und
das hat ihm dann so gut gefallen, dass er sich ganz
plötzlich mit dir angefreundet hat. Du warst mit anderen Worten sein Schlüssel zu diesem Leben hier
als Krieger. Es ist mit anderen Worten deine schuld,
dass wir jetzt hier in einem osmanischen Zelt sind
und der Kerl tot ist", erklärte Florian und verschränkte die Arme. „Na toll, jetzt bin ich auch noch
der Sündenbock hier! Du bist mir echt ein toller
Freund. Ich habe Tobias davor gewarnt, die Uhr zu
benutzen und er hat einfach nicht auf mich gehört!",
verteidigte sich Timo. „Du hast den Fehler gemacht
und deine Zeitreiseuhr mit in die Schule genommen!
Das wollte ich dir eigentlich schon sagen, nachdem
Tobias sich in die Vergangenheit befördert hatte.
Aber da war es ja dann schon leider zu spät. Das hättest du einfach nicht tun dürfen!", erklärte Florian
und klang dabei sehr ernst. „Ich hatte sie halt mal
mit, weil …" „Weil du die Uhr unbedingt Tobias
zeigen wolltest. Das habe ich mir nämlich schon
gleich gedacht", sagte Florian. „Okay, ich wollte
Tobias die Zeitreiseuhr zeigen und mit ihm eine kur-
ze Zeitreise als Demonstration in der großen Pause
unternehmen, aber dazu ist es nicht gekommen, weil
sich Tobias sofort die Uhr geschnappt hat und sich

einfach in die Vergangenheit befördert hat. Das ging von der einen auf die andere Sekunde und so schnell konnte ich nicht mehr handeln, weil er dann schon weg war", wiederholte Timo. „Das weiß ich ja. Das hast du mir ja gleich erzählt. Timo, tut mir leid, dass ich das jetzt sage, aber das du die Zeitreiseuhr mit in die Schule genommen hast, war echt unvorsichtig von dir. Dafür habe ich sie dir eigentlich nicht geschenkt", erklärte Florian. „Flo, wenn das hier vorbei ist und unsere Mission erledigt ist, wird das nicht mehr vorkommen", versprach Timo. „Wenn wir hier überhaupt wieder lebendig wegkommen! Der Sultan fordert uns auf, dass wir ihm Treue schwören! Vergiss das nicht! Mit Konstantin dem Großen konnten wir wenigstens noch einigermaßen gut reden, weil wir ihm diese Sache mit der Flucht und den Banditen erzählt haben, aber hier haben wir es jetzt mit einem mächtigen Sultan zu tun, der ein riesiges Reich erobert hat. Einen Sultan, der sich „der Eroberer" nennt. Einen Sultan, der achtmal so viel Krieger hat, wie Konstantin XI. der jetzt bestimmt auch schon in der Schlacht gefallen ist. Und während wir uns jetzt hier in diesem Zelt aufhalten, ist Byzanz auch endgültig gefallen", erklärte Florian.

Und genauso wie es Florian erwähnt hatte, so war es auch. Während sich Timo und Florian im osmanischen Lager befanden und eine Stunde Bedenkzeit hatten eine Entscheidung zu treffen, erlag Byzanz und fiel.

„Was machen wir jetzt?", fragte Timo dann nervös. „Wir haben leider keine andere Wahl, als uns Mehmed II. zu unterwerfen. Wenn wir es nicht tun, dann sind auch wir tot. Aber wir werden das so angehen, dass wir uns ihm nicht wirklich unterwerfen", erklärte Florian. Über Timos Kopf entstand dann ein Fragezeichen. „Ähm … wie meinst du das, wir gehen das so an, dass wir ihm uns nicht wirklich unterwerfen?", fragte Timo und kratzte sich am Kopf. „Timo, wir tun nur so als ob wir uns ihm unterwerfen. Wir stammen doch immer noch aus dem 21. Jahrhundert und sind immer noch viel schlauer als der Sultan. Wir kreuzen die Finger, wenn wir ihm Treue schwören. Damit ist unser Schwur nicht echt. Und ich glaube nicht, dass die Osmanen wissen, was das bedeutet, wenn man die Finger kreuzt", erklärte Florian. „Ach so! Jetzt verstehe ich, wie du das meinst. Dann verraten wir wenigstens nicht unsere eigene Religion." „So ist es. Gehen wir es an", sagte Florian und schlug mit seinem Freund ein.

Die Stunde Bedenkzeit lief dann relativ zügig ab. Irgendwann gingen die Vorhänge des Zeltes zur Seite und der andere Berater, der zuvor stehengeblieben war betrat das Zelt. „Die Zeit ist abgelaufen. Der Sultan erwartet euch", sagte der Berater und die beiden Freunde verließen mit ihm das Zelt wieder.

Die beiden Freunde entschieden sich schließlich, sich dem Sultan zu unterwerfen, weil sie keine andere Wahl mehr hatten und schworen ihm Treue. Aber sie überkreuzten wie vorher besprochen die Finger und damit war der Schwur wirkungslos und damit nichts wert.

Mit einem dumpfen Schlag war Byzanz schließlich endgültig gefallen und die meisten Verteidiger der Stadt waren tot. Der Sieg gehörte Sultan Mehmed II. der sich jetzt „der Eroberer" nannte.

Der Triumphzug des Sultans

Mit erhobenen Fahnen betraten die Osmanen die Stadt Konstantinopel, die aber teilweise in Schutt und Asche lag. Überall pflasterten Leichen ihren Weg und diejenigen die noch am Leben waren, wurden von den einziehenden Osmanen regelrecht überfallen. Florian und Timo befanden sich an der Spitze des Triumphzuges, wo der Sultan auf seinem weißen Schimmel saß und etwas Goldenes mit einem Halbmond an der Spitze in die Höhe hielt. An diesem Stab hing ein grünliches Tuch runter, dass im Wind wehte. „Der Sieg ist Mein und mit meinem Sieg beginnt jetzt eine neue Ära!", rief Mehmed II. in die Stadt hinein. Und hinter ihm jubelten seine Gefolgsleute mit türkischen Fahnen in der Hand. Timo und Florian sprangen während des Triumphzugs in die Büsche, wurden aber dann von Ahmed gesehen.

Dieser blieb sofort stehen und richtete seinen Kopf auf die beiden Freunde. „Hey! Was hat das jetzt zu bedeuten! Warum verkriecht ihr euch jetzt heimlich in die Büsche?" Der Sultan blieb dann auch stehen und fragte: „Was ist denn los Ahmed? Du hältst ja den ganzen Triumphzug auf." „Die beiden jungen Neulinge in deiner Gefolgschaft sind eben gerade in die Büsche gesprungen. Das ist in meinen Augen sehr verdächtig, als ob sie irgendetwas planen", antwortete Ahmed und verengte die Augen kurz zu Schlitze. „So? Vielleicht ertragen sie auch den Anblick ihrer Stadt jetzt nicht mehr, da sie nun nicht mehr unter byzantinischer Herrschaft ist sondern unter meiner Herrschaft. Sie wird auch nie wieder unter byzantinische Herrschaft gelangen. Das Geschlecht der byzantinischen Kaiser ist jetzt ausgestorben. Der letzte Kaiser weiht nicht mehr unter den Lebenden", erklärte der Sultan. „Eure Majestät, wir suchen nur einen Freund", meldete sich dann Timo zu Wort. „Einen Freund? Da werdet ihr aber bestimmt kein Glück mehr haben, weil sie alle in der Schlacht gefallen sind. Und jetzt setzt ihr euch sofort wieder in Bewegung! Das ist ein Befehl!", forderte Mehmed II. auf. „Und Ahmed, lass die beiden auf keinen Fall aus den Augen!", befahl der Sultan zum Schluss. „Befehl wird ausgeführt, Sultan", bestätigte

Ahmed und nickte. Er packte dann Timos Arm und zog ihn aus den Büschen heraus. Danach kam der Arm von Florian, mit dem er das gleiche tat. „Ich lasse euch Neulinge nicht aus den Augen und jetzt kommt!", forderte Ahmed. Florian und Timo mussten nun gehorchen und weiter dem Sultan folgen. Sie marschierten durch die Stadt, wo bei den unbeschädigten Häusern noch Leute aus den Fenstern schauten. Alle hatten entsetzte Gesichter. Sie konnten es einfach nicht fassen, dass die Ära der oströmischen Kaiser mit dem Sieg des Sultans nun zu Ende war und sie jetzt unter einer fremden Herrschaft ihr restliches Leben verbringen mussten. Viele der Bürger hatten auch Verwandte und Bekannte, Freunde in der Schlacht verloren und man sah ganz deutlich die Tränen in ihren Gesichtern. „Das ist einfach nur grauenhaft, wie das hier jetzt aussieht", flüsterte Timo. „Wir haben jetzt ein kleines Problem. Der Sultan hat Ahmed befohlen, uns nicht aus den Augen zu lassen und er macht seinen Job wirklich gut", flüsterte Florian zurück. „Wir müssen hier irgendwie weg", flüsterte Timo zurück. „Warte mal. Wir können hier jetzt erst einmal gar nichts unternehmen. Das ist zu auffällig und viel zu gefährlich." „Dann müssen wir den Sultan jetzt begleiten?", fragte Timo. „Ja, wir haben leider keine andere Wahl und müssen

Mehmed II. erst einmal begleiten. Wenn wir jetzt etwas tun, dann weiß der Sultan, dass wir bei unserem Treueschwur betrogen haben und er bringt uns auf der Stelle um", erklärte Florian flüsternd. „Soll das jetzt etwa heißen, dass wir hier unter osmanischer Herrschaft leben müssen?", fragte dann Timo. „Nein, das meinte ich damit nicht. Wir müssen nur einen geeigneten Augenblick finden und diesen dann nutzen, aber das wird nicht leicht werden", erklärte Florian.

„Über was redet ihr denn andauernd?", fragte plötzlich Ahmed wieder und schaute streng zu den beiden hin. „Wir unterhalten uns nur normal miteinander. Das werden wir hier wohl doch dürfen", antwortete Timo. „Mir wäre es lieber, wenn ihr schweigen würdet! Und das tut ihr jetzt auch oder ich schneide euch die Zunge heraus! Ich habe das schon mal bei einem anderen Nerv Töter getan!", brummte Ahmed und blickte auf eine Person mit einem rötlichen Turban und blauen Umhang, dessen Miene sich verfinsterte. „Ahmed, was ist denn nun schon wieder los?", fragte plötzlich Mehmed II. und blieb erneut mit seinem Pferd stehen. „Die beiden gehen mir auf die Nerven! Die sind andauernd am Reden", antwortete Ahmed. „Ich möchte von euch jetzt kein Wort mehr hören!

Das ist ein Befehl!", befahl der Sultan. Timo und Florian mussten dann schließlich schweigen.

Und so ging der Triumphzug weiter, bis schließlich Mehmed II. mit seinem Pferd vor der Hagia Sophia stehenblieb, absprang und in der alten Kirche verschwand, um dort zu beten. „Was macht er denn jetzt?", fragte Florian. „Er geht wahrscheinlich beten. Muslime sind verpflichtet häufig zu beten", antwortete Timo. Und so war es auch. Mehmed II. kniete in der Kirche nieder und betete, aber in seiner Sprache. Er blieb sehr lange in der Kirche, bis er dann wieder heraustrat, sein Pferd bestieg und der Triumphzug weiterging.

Der verarmte Ritter

Drei Wochen waren nun schon vergangen, nachdem
Byzanz gefallen war und das Leben unter osmanischer Herrschaft war alles andere als friedlich. Immer wieder gab es Plünderungen, obwohl der Sultan
diese Plünderungen schon Tage zuvor untersagt hatte. Mehmed II. saß schon eine längere Zeit auf dem
Thron, wo zuvor noch Konstantin XI. gesessen hatte.
Dessen Leiche war noch nicht aufgetaucht und man
wusste auch nicht, wo der byzantinische Kaiser gefallen war. Ahmed befand sich neben dem Sultan
und starrte skeptisch nach vorne. „Ahmed, was ist
denn eigentlich los? Ich befehle dir, jetzt zu sprechen", befahl der Sultan. „Eure Hoheit, es geht um
diese beiden Neulinge in deiner Gefolgschaft. Ich
traue ihnen nicht", antwortete Ahmed. „Warum
traust du ihnen nicht? Du warst doch selber dabei,
als sie mir, dem Sultan Treue geschworen haben",
erklärte der Sultan. „Ich habe das dumpfe Gefühl,
dass sie bei dem Treueschwur betrogen haben. Die
haben irgendetwas mit ihren Fingern gemacht, das
habe ich ganz genau gesehen. Und das hat bestimmt
irgendetwas zu bedeuten", erklärte Ahmed. „Mein
lieber Ahmed. Du bist eben gerade ziemlich miss-

trauisch. Die beiden mussten sich mir unterwerfen! Sie hatten keine andere Wahl, außer dem Tod", erklärte Mehmed II. „Ich traue ihnen trotzdem nicht! Die haben noch diesen bestimmten Blick. Was ist, wenn sie doch noch irgendwelche versteckten Kontaktleute von ihrem alten Reich haben? Ein kleines byzantinisches Reich gibt es ja immer noch. Das Kaiserreich Trapezunt", erklärte Ahmed. „Ich weiß, dass es dieses kleine Kaiserreich noch gibt, aber auch das werde ich noch zum Fall bringen und erobern. Das ist, wenn man es so sieht nur ein kleiner Fisch. Aber hier gibt es keine byzantinischen Ritter mehr. Da bin ich mir in allen Punkten sicher. Jeder byzantinische Ritter ist vor drei Wochen in der Schlacht gefallen. Es gibt keinen einzigen Ritter mehr in Konstantinopel. Es gibt nur noch meine Kämpfer, die hier alles überwachen", erklärte der Sultan und sein Gesicht wurde etwas angespannter. „Dann sollten mal welche von Ihren Kriegern diese beiden Neulinge gründlich überwachen!" „Gut, mein lieber Ahmed. Sie werden die beiden Neulinge gründlich überwachen. Und sollten sie irgendetwas tun, dass gegen meine Prinzipien oder gegen den Treueschwur ist, dann bringst du sie sofort zu mir und ich werde entscheiden, was ich mit ihnen dann anstelle. Ich will sie aber dann lebend haben", befahl der Sultan. „Befehl wir ausgeführt, oh großer Sultan", bestätigte Ahmed und verbeugte sich vor Mehmed II. Danach entschwand er wieder.

Florian und Timo befanden sich in den Straßen von Konstantinopel und schauten sich um. Es sah immer noch nach einem einzigen Schlachtfeld aus und dies würde sich in nächster Zeit auch nicht viel ändern. Dafür wurde zu viel durch die Eroberung vernichtet. Irgendwann entdeckten sie eine verarmte Person, die am Straßenrand saß. Diese sah total heruntergekommen aus. Das blecherne Etwas neben ihr sah schon total verschrottet aus, aber es hatte dennoch etwas Vertrautes. Florian und Timo hatten so etwas schon einmal gesehen. Sie dachten nach und dann fiel es ihnen ein. Es handelte sich um eine alte byzantinische Ritterrüstung. Diese kam ihnen aber sehr bekannt vor. „Moment mal. Das ist doch ein alter byzantinischer Ritter, der da am Straßenrand sitzt", zeigte Timo. Das Gesicht war dreckig und zerfurcht. Die Haare klebten ihn im Gesicht. „Warte mal. Der Kerl da kommt mir irgendwie bekannt vor", erinnerte sich Florian zurück. Die Person drehte dann ihr Gesicht in Richtung Timo und Florian. Sofort verengte er die Augen zu Schlitze.

„WAS! Ihr beide seid das! Wie konntet ihr damals aus dem mit Ratten verseuchten Kerker entkommen! Und so abtauchen!", fauchte der Ritter. „Ich fasse es nicht! Dieser Ritter gehört zu denen, die uns gejagt haben!", rastete Timo aus. „Das sehe ich jetzt auch! Aber jetzt wirkt er eher schwach, kränklich und zerbrechlich als stark und vorlaut!", sagte Florian gehässig. „Jetzt wird abgerechnet!", knurrte Timo und stampfte zornig auf den verarmten Ritter zu. Dieser wurde dann doch etwas nervös. Timo packte den Ritter schließlich am Kragen und zog ihn sich vor die Brust. „Bitte töte mich nicht!", jammerte der Ritter dann. Florian rannte anschließend nach vorne und zog seinen Freund wieder zurück, weg von dem verarmten Ritter. „Nein Kumpel, lass das lieber. Das bringt uns jetzt gar nichts. Wir haben wichtigere Dinge zu tun." „Aber Flo, das ist einer von diesen gemeinen Dreckskerlen!", fluchte Timo. „Ja, ich weiß. Aber so wie der jetzt aussieht, wird der eh bald sterben." „HEY! Wie meint ihr das!", kam es von dem Ritter zurück. „Du bist schwach und ausgelaugt. Und in diesem Zustand wirst du hier nicht mehr lange überleben", erklärte Florian. „WENN ICH JETZT NOCH MEIN SCHWERT HÄTTE, WÜRDE ICH EUCH BEIDE ABSTECHEN!", knurrte der Ritter und wollte sich auf die beiden Freunde stürzen, aber die Schmerzen und die Schwäche des Ritters verhinderten dies. „Siehst du, du kannst noch nicht mal mehr richtig aufstehen. Kein so ein tolles Gefühl, nicht wahr. Du solltest uns lieber in deinen letzten Atemzügen vertrauen. Wir stehen auf der gleichen Seite", erklärte Timo. „Ihr steht nicht auf der gleichen Seite! NIEMALS werde ich euch vertrauen! Verschwindet und lasst mich in Ruhe!", zischte der Ritter und bekam dann einen Hustenanfall. „Verdammt noch mal, vertraue uns jetzt! Wir haben den Sultan angelogen, als wir ihm uns unterwerfen mussten!", erklärte Florian. „Wir haben Mehmed II. angeflunkert und nur so getan, als würden wir ihm uns unterwerfen, sonst hätte er uns garantiert schon hinrichten lassen", erwiderte Timo.

„So, so, so! Ihr habt bei dem Treueschwur also betrogen! Ich wusste es! Ich wusste es von Anfang an!" Anschließend tauchte Ahmed mit seinem mintgrünen Turban aus dem Hinterhalt auf und zog seinen langen Säbel. „Ihr habt also betrogen! Das ist Verrat und dafür werdet ihr bitter bezahlen und zwar mit eurem Tode, genauso wie euer ritterliche Freund hier!", knurrte Ahmed. Der Säbel glitt schnell durch die Brust des verarmten Ritters und dieser fiel auf die Seite und war auf der Stelle tot. „Und jetzt seid ihr dran!", zischte Ahmed und stürmte mit erhobe-

nem Säbel auf die beiden Freunde zu. „Wegren-
nen!", forderte Florian. Sie ergriffen sofort die
Flucht. Ahmed stürmte dann hinter den beiden
Freunden her und forderte andere Krieger auf, ihm
zu folgen. „Schnappt sie! Sie haben die Loyalität
unseres Sultans ausgenutzt, ihn verraten und dafür
müssen die beiden jetzt sterben!", zischte Ahmed.
Sofort stürmten die anderen Krieger mit erhobenen
Säbeln hinter Ahmed her und nahmen die Verfol-
gung von Timo und Florian auf. Einige waren sogar
hoch zu Ross und damit viel schneller.

Flucht durch die Zeit

Timo und Florian rannten noch so lange, wie ihre
Kraft es erlaubte. Aber irgendwann war die Kraft zu
Ende und Timo ließ sich einfach fallen. „Ich kann
nicht mehr", schnaufte dieser. „Timo! Du musst
wieder aufstehen! Dahinten kommt Ahmed mit seinen Kriegern!", forderte Florian. „Ich, kann nicht
mehr. Ich kriege so gut wie keine Luft mehr. Wir
müssen einen anderen Weg finden, den wütenden
Osmanen zu entkommen." In diesem Moment
rauschten Pfeile durch die Luft und blieben knapp
neben Timo stecken. „Verdammt!" Florian nahm
Timos Hand und zog ihn schnell auf die Beine. Danach ergriffen sie weiterhin die Flucht und rannten
durch Konstantinopel durch, mit den Osmanen im
Nacken. „GEBT AUF! IHR ENTKOMMT UNS
NICHT! Wir sind euch hoch überlegen!", forderte
Ahmed auf. Und so wurden sie schließlich eingekreist und es gab keinen Fluchtweg mehr, so schien
es. „SO! Das ist jetzt euer Ende!", knurrte Ahmed
und zeigte mit seinem Säbel auf die beiden Freunde,
die sich auf dem Boden kauerten. Er wollte gerade
mit dem Säbel ausschlagen, als Timo dann doch eine
kleine Lücke entdeckte, durch die sie dann schnell

fliehen konnten. Ahmeds Säbel prallte auf das Kopfsteinpflaster, während Timo und Florian entschwunden waren. „Sie sind weg!", brüllte einer der Krieger. „Elende, schlaue Buschen! Aber wir kriegen sie doch!", knurrte dann Ahmed. Die Gruppe teilte sich anschließend auf und gemeinsam durchsuchten sie die Stadt nach den beiden Freunden.

Timo und Florian hatten sich heimlich in eine düstere und dreckige Gasse zurückgezogen. Dort lag sogar noch die Leiche eines anderen Ritters. „Das ist ein Albtraum!", sagte Timo. „Das kannst du laut sagen. Diese Kerle sind ja noch viel schlimmer, als die Wachen von Konstantin, den Großen und noch schlimmer, als die Ritter die uns damals verfolgt hatten", erwiderte Florian. „Wir haben total versagt mit unserer eigentlichen Mission, Tobias zu retten. Er ist vor unseren Augen in der Schlacht gefallen. Wir haben dabei zugeschaut und nichts getan." „Timo, wir konnten nichts tun. Es war viel zu gefährlich", erklärte Florian. „Ich habe mir die Sache irgendwie etwas leichter vorgestellt", sagte Timo. „So etwas ist aber nicht so leicht, Timo", erklärte Florian. „Das habe ich jetzt auch schon gemerkt. Und jetzt haben wir auch noch diesen Ahmed mit seinen Kriegern am Hals und der ist echt brutal", redete Timo weiter. „Wir konnten ja nicht ahnen, dass er uns belauscht, während wir uns mit diesem blöden Ritter herumgestritten haben. Wir hätten mit diesem Ritter einfach keinen Kontakt aufnehmen dürfen! Das war ein Fehler. Und jetzt nichts wie weg hier!", forderte Florian auf. „Aber wohin?", fragte Timo verzweifelt. „Wir fliehen jetzt durch die Zeit. Hier können wir jetzt eh nichts mehr bewirken. Unsere Mission ist hier gescheitert. Wir brauchen einen neuen Plan", sagte Florian und tippte ein anderes Jahr in seine Zeitreiseuhr ein, packte Timos Arm und drückte den grünen Knopf. In der darauffolgenden Sekunde waren sie wieder aus dem Jahr 1453 entschwunden.

Ihr erster Plan ist gescheitert, Tobias Hasenpflug vor dem Tode bei der Schlacht um Konstantinopel zu wahren. Wird es ihnen gelingen, ihren Klassenkameraden mit dem zweiten Plan von Florian vor dem Tode in der Vergangenheit zu wahren? Die Antwort erfahrt ihr im nächsten Kapitel der Geschichte.

Ende des zweiten Kapitels

Fortsetzung folgt …

Kapitel 3

Rückblick

Nachdem Timo und Florian im Konstantinopel des Jahres 1448 gelandet sind, haben sie Tobias Hasenpflug als Ritter des neuen Kaisers Konstantin XI. gesichtet. Aber auch die Ritter, die ihnen Probleme bereitet haben sind mit von der Partie. Diese beobachten natürlich Timo und Florian ganz genau wie ein Wolf seine Beute beobachtet. Aber trotz der Beobachtungen durch die drei Ritter, beschließen sie sich im Versteck hinter den Adeligen herzuschleichen und landen dabei wieder vor dem Schloss. Als der Kaiser mit seiner Gefolgschaft im Schloss verschwindet, schlupfen die beiden durch. Gerade als sie denken, dass sie nicht gesehen werden, tauchen die Ritter aus dem Hinterhalt auf und nehmen beide gefangen. Sofort befinden sie sich vor den Füßen des Kaisers, der sie dann später nach den Lügen der Ritter in ein mit Ratten verseuchtes Verlies steckt, aus dem sie nur knapp dem Tode entkommen. Daraufhin reisen beide dann an den Schicksalstag von Byzanz, den 29. Mai 1453. Die Stadt liegt schon teilweise in

Trümmern und am Bosporus läuft gerade die historische Schlacht um Konstantinopel. Dort gehen die beiden Freunde dann auf Beobachtungskurs und sehen dann später ihren Klassenkameraden gegen die osmanischen Belagerer kämpfen, doch dieser stirbt dabei und liegt dann tot an der Stelle, wo er sich auch beim Bild im Geschichtsbuch befunden hatte. Ihre Mission ist gescheitert und dann werden sie sogar noch von osmanischen Kriegern geschnappt und zum Zelt des Sultans Mehmed II. gebracht, vor dem sie dann liegen. Dort werden sie dann zum Treueschwur aufgefordert und bekommen eine Stunde Bedenkzeit dazu. Sie schwören dem Sultan dann tatsächlich Treue, aber kreuzen dabei ihre Finger und damit ist ihr Schwur ungültig. Mehmed II. zieht dann später mit seinen Männern durch das eroberte Konstantinopel und Timo und Florian sind dann natürlich mit von der Partie. Sie wollen im Verborgenen versuchen, noch irgendwelche restlichen byzantinischen Ritter aufzufinden, um noch etwas von Tobias in Erfahrung zu bringen und werden auch fündig.

Dabei fliegt ihr Betrug auf und sofort werden sie zu den Gejagten und entschließen sich als letzten Ausweg für eine Flucht durch die Zeit.

Der neue Plan

Florians Haus 2015:

Timo und Florian landeten mit einem Blitz wieder im Zimmer von Florian und schnauften. „Endlich zurück." Beide ließen sich dann auf das Bett fallen und schnauften weiter. „Mann! Das war echt knapp", schnaufte Florian. „Diese osmanischen Krieger sind echt gefährlich", sagte Timo schwer atmend. „Ich gehe mal schnell runter und hole uns etwas Limonade oder Cola. Bin gleich wieder da."

Florian lief dann die Treppen runter und entschwand in der Küche. Seine Mutter war nicht da und befand sich im Garten und hing Wäsche auf eine Wäschespinne. Florian ging zum Kühlschrank und entwendete 2 große Dosen Cola. Danach holte er noch zwei Gläser, ging die Treppen rauf und verschwand wieder in seinem Zimmer.

„Mann, wir haben bei unserer Mission voll versagt", sagte Timo und trank einen großen Schluck eiskalte Cola. „Wir hätten bei dieser Mission beinahe unser Leben verloren", korrigierte Florian. „Ich weiß. Es war vielleicht doch ein Fehler uns auf diesen verarmten Ritter einzulassen." „Oh ja, das war es. Und das war ausgerechnet auch noch einer von diesen Schurken, die dem Kaiser diese Lügengeschichte aufgetischt haben", sagte Florian und trank dann auch einen Schluck Cola. „Ist dir nicht schon aufgefallen, dass wir diese Kerle irgendwie nicht mehr los werden?", stellte Timo in Frage. „Jetzt wo du es sagst. Überall wo wir uns in Konstantinopel aufgehalten haben, sind diese Ritter aufgekreuzt, als ob es so sein soll", antwortete Florian. „Es kann auch nur ein purer Zufall sein." „Nein, das ist kein Zufall mehr", kam es von Florian zurück. „Das ist schon irgendwie merkwürdig. Aber wie wollen wir jetzt Tobias vor dem Tode bewahren? Das ist jetzt erst einmal wichtiger, als über diese Ritter herumzurätseln. Er ist ja vor unseren Augen gestorben und wir konnten nichts tun", änderte dann Timo das Thema. „Wir brauchen ganz einfach einen neuen Plan. Deswegen sind wir ja wieder hier. Wenn wir jetzt in das Jahr 1453 zurückreisen würden, würde das auf jeden Fall nichts mehr bringen", sagte Florian.

Timo nahm das Geschichtsbuch in die Hand und schlug es auf der Seite auf, wo die Schlacht um Konstantinopel abgebildet war und dachte nach. Aber es fiel ihm noch nichts ein. Florian machte dann mehrere Vorschläge für einen neuen Plan. Es dauerte eine längere Zeit, bis ihnen dann ein neuer Plan einfiel, den sie in die Tat umsetzen wollten. „Ich hab's! So kommen wir auf jeden Fall an Tobias heran. Wir müssen uns ganz einfach als Ritter verkleiden", schlug Florian vor. „Aber dazu benötigen wir wieder eine Ritterrüstung und die gibt es nur in dem Schuppen, wo wir das letzte Mal nur verbeulte und unvollständige Rüstungen vorgefunden haben. Und dieser Schuppen befindet sich ausgerechnet auf dem kaiserlichen Grundstück", erklärte Timo. „Dieser Plan ist aber gut und er wird mit Sicherheit auch funktionieren. Wir reisen jetzt in das Jahr 1452, also ein Jahr bevor die Schlacht um Konstantinopel beginnt. Dann haben wir noch genügend Zeit, an Tobias heranzukommen", erklärte Florian. „Aber was ist mit diesen Rittern, die dafür gesorgt haben, dass wir fast im Kerker gestorben sind? Die werden uns mit Sicherheit erkennen", stellte Timo in Frage. „Als Ritter werden sie uns schon nicht erkennen", beruhigte Florian. „Da wäre ich mir aber nicht so sicher", kam es von Timo zurück. „Still jetzt. Wenn wir uns jetzt gestärkt haben, dann legen wir los und reisen ab", sagte Florian fest entschlossen. Sie verließen nun das Zimmer und gingen in die Küche.

1452: Zurück in Konstantinopel

Nachdem sich Timo und Florian gestärkt hatten, stellten sie ihre Zeitreiseuhren wieder um. Timos Gefühl war dabei etwas mulmig, auch wenn er es liebte Geschichte hautnah zu erleben, aber was in letzter Zeit alles so passiert war, war dann doch zu viel für den Jungen. Als Florian und Timo den grünen Knopf ihrer Zeitreiseuhr betätigt hatten, verschwamm das Zimmer und schuf Platz für das spätmittelalterliche Konstantinopel.

Konstantinopel, Gasse 1452:

Sie landeten in einer engen Gasse, wo der Blick auf jemanden frei wurde, der gerade vor versammelten Leuten hingerichtet wurde. „Ach du meine Güte!", sagten beide geschockt.

Die Hinrichtung ging sehr schnell von statten. „Oh Shit! Das scheint der Hinrichtungsplatz zu sein", kam es geschockt von Florian. „So sieht es auch aus", bestätigte Timo. „Was machen wir jetzt?", fragte Florian. „Uns geht das ja eigentlich nichts an, weil wir damit nichts zu tun haben", beruhigte Timo. Sie traten nun vorsichtig auf den großen Platz heraus, wo in der Mitte eine Statue von Konstantin den Großen stand, umgeben von alten Gebäuden, die dort noch aus der Zeit von Konstantin den Großen stammten und genau dort sahen sie sie. Es waren die Ritter, die die beiden in den Kerker gebracht hatten und wer befand sich noch bei ihnen? Es war eine Person in edler Rüstung auf einem weißen Schimmel. Ritter Tobias, noch lebendig. Neben ihm befand sich der letzte Kaiser vom byzantinischen Reich, Konstantin XI., Palaiologos, in Begleitung von noch ein paar anderen Wachen höheren Ranges und einigen seiner Ritter.

„Da ist er. Tobias, noch quicklebendig." „Und unsere Freunde die Ritter sind auch noch da." „Ich hab sie schon gesehen. Ich würde zu gerne wissen, über was die sich da unterhalten. Ich versuche durch die Menge etwas näher heranzukommen. Gebe mir Deckung", sagte Timo und forderte Florian auf. „Warte! Sie werden dich sehen und dann ist es aus!", warnte Florian.

Doch Timo war dann schon in der Menge verschwunden. Seine Hände gingen nun panisch zum Gesicht und er schrie: „Timo!" Dieser befand sich aber schon inmitten der Bürger und kämpfte sich in das Vorfeld durch. Er war sehr nah am Kaiser dran und konnte seine Worte hören. „Liebe Bürger meiner wunderschönen Stadt, es beginnt nun eine Zeit der Wachsamkeit und eine Zeit des Kampfes! Diese Bastarde von Osmanen beginnen langsam mein Reich hier zu belagern und es ist nur noch eine Frage der Zeit, bis es so viele sind und sie zum Angriff ausscheren. Ein Osmane, ein Spitzel des dort herrschenden Sultans wurde gerade auf dem Schafott vor Ihren Augen hingerichtet. Er wurde draußen von meinem hochrangigen Ritter Tobias vor den Mauern aufgespürt und gefangengenommen. Meine Ritter benötigen dringend Nachwuchs, der sich bereit erklärt für mein Reich hier zu kämpfen und vor einem Fall meines Reiches zu bewahren. Gibt es hier Freiwillige, die sich bereit erklären, für mein Reich zu kämpfen und zu sterben?", fragte der Kaiser.

Timo kämpfte sich dann wieder durch die Menge zu seinem Freund Florian durch und erstattete ihm Bericht.

„Und? Was geht da vorne jetzt vor?", fragte Florian. „Hey, der Kaiser sucht neue Ritter. Das ist unsere Chance in sein Heer zu kommen. Und wenn wir drinnen sind, dann gelingt es uns endlich an Tobias heranzukommen", erstattete Timo Bericht. „Dann lasst uns jetzt keine Zeit verlieren und uns Ritterrüstungen überziehen. Jetzt wo die da vorne noch beschäftigt sind, können wir diese aus dem kaiserlichen Schuppen besorgen", sagte Florian überschnell.

„Warte mal Flo! Nicht so schnell. Aus dem Schuppen können wir uns keine Rüstungen besorgen, denn die werden sie auf jeden Fall erkennen, weil sie sie da schließlich abgeliefert haben, außerdem war da drinnen eh nur Schrott", erklärte Timo. „Oh, das habe ich vollkommen vergessen. Aber wo finden wir hier dann andere Rüstungen?", fragte Florian. „Wir können es auf dem Marktplatz versuchen. Dort wird alles Mögliche angeboten", schlug Timo vor. „Aber bestimmt keine Ritterrüstungen, denn die müssen doch erst mal geschmiedet werden", erwiderte Florian. „Ein Versuch ist es auf jeden Fall wert. Vielleicht haben wir ja Glück", sagte dann Timo.

Und so brachen sie zum Marktplatz auf. Dazu verließen sie dann wieder den kaiserlichen Hinrichtungsplatz.

Der Marktplatz von Konstantinopel

Wie immer herrschte auf dem Marktplatz von Konstantinopel ein reges Treiben. Mönche, Bauern, andere Adelige und Bürger drängten sich von Stand zu Stand, wo Marktschreier ihre Ware anboten. Früchte, Getreide, Gefäße, Holz, Datteln, Vieh und noch vieles mehr wurde auf dem großen Platz angeboten, aber was die beiden Freunde nicht sichteten war ein Stand, wo tatsächlich Ritterrüstungen angeboten wurden.

„Toll, alle möglichen Stände sind hier aufgebaut, aber leider kein Stand, wo es Ritterrüstungen gibt", bedauerte Timo. „Das habe ich dir doch gesagt. Welcher Bürger kauft hier schon eine Rüstung. Und was wollen Bürger schon mit Rüstungen anfangen, wenn sie keine Ausbildung zum Ritter haben."
„Pssst, hey ihr da! Kommt mal her", ertönte plötzlich eine tiefe Stimme.

Timo und Florian zuckten zusammen. Anschließend drehten sie sich um und sahen eine vermummte Person vor sich stehen. Diese wirkte relativ düster, schon fast wie ein Verbrecher. Das Gesicht sah man

nur im Dämmerlicht. „Wer, wer sind Sie?", fragte
Timo nervös. „Nur einer … der euch helfen kann,
damit ihr das bekommt … was ihr wollt. Ich habe
zufällig euer Gespräch mitgehört … Ich hörte, dass
ihr Ritterrüstungen benötigt. Die kann ich euch besorgen und zwar heute noch. Aber dafür erwarte ich
eine kleine Gegenleistung von euch", bat der Mann
an. Florian zog Timo dann zu sich und flüsterte:
„Dieser Typ ist garantiert ein Bandit. Zumindest
sieht er so aus. Wir sollten …" „Mir nicht vertrauen?
Also ich bitte euch. Nur ich kann euch die Rüstungen besorgen, anders bekommt ihr die nicht. Hier auf
dem Marktplatz werdet ihr keine Ritterrüstungen
bekommen. Ihr könnt mir ruhig vertrauen", sagte der
Fremde. „Also gut. Wir vertrauen Ihnen, auch wenn
es uns sehr schwer fällt. Also, was verlangen Sie als
Gegenleistung?", fragte dann Timo. „Kommt mit",
bat der junge Mann und führte die beiden in eine
enge Gasse. Dort zog er dann seine Vermummung
runter und zum Vorschein kam das Gesicht eines
jungen Ritters. Er trug sogar eine eigene Rüstung,
die noch relativ neu war und war vielleicht gerade
mal 18 Jahre alt. Seine Haare waren relativ lang und
hingen ihm bis knapp über die Schultern und waren
bräunlich.

Der junge Raubritter

„Sie, sie sind ja selbst ein Ritter. Warum sind Sie nicht bei den anderen Rittern des Kaisers?", kam es dann fragend von Timo. „Das edle Rittertum ist hier bald zu Ende, wenn die Osmanen einfallen. Und das wird nicht mehr lange dauern, das kann ich euch versichern. Ich habe mich von den Rittern des Kaisers abgewendet und wurde zum Raubritter", antwortete der junge Ritter. „Raubritter? Du bist also doch ein Bandit und solchen Menschen vertrauen wir nicht", sagte Florian dann und drehte sich um. „Wartet, bleibt ganz ruhig. Nur ich kann euch die Ritterrüstungen besorgen und deshalb müsst ihr mir vertrauen", wiederholte der Raubritter. „Nein, wir vertrauen keinen Banditen oder Raubrittern. Das ist nun mal so." „Also gut, wie ihr wollt. Wundert euch aber nicht, wenn euch Kaiser Konstantin XI. mit euren Gesichtern irgendwann erkennt. Dann landet ihr nämlich diesmal wirklich auf dem Schafott und eure Flucht war umsonst", kam es dann von dem Ritter. Jetzt waren Timo und Florian ganz baff.

Woher wusste er, dass Konstantin XI. sie beide im Jahr 1448 zum Tode verurteilt hatte? Als sie damals in dem mit Ratten verseuchten Kerker fast gestorben wären und später durch die Zeit in das Jahr 1453 geflohen waren.

„Moment mal! Woher weißt du das?", fragte dann Timo. „Ganz einfach, ich war dabei als euch der Kaiser zum Tode verurteilt hat. Ich war damals noch ein 14 Jähriger Knappe und kurz davor meine Ausbildung zum Ritter zu beginnen", erzählte der Raubritter. „Diese dämlichen Ritter haben den Kaiser damals eiskalt in das Gesicht gelogen. Das war gar nicht wahr, was sie ihm erzählt haben", erklärte Timo. „Das ist ganz typisch für Siegfried, Fredo und Alfred. Siegfried ist sozusagen der Anführer von den drei Rittern. Er ist groß und trägt einen Vollbart. Fredo und Alfred sind ihm sozusagen hörig. Diese drei Ritter haben mir das Leben echt schwer gemacht, aber besonders schlimm war dieser Ritter Tobias. Der hat alle Lorbeeren kassiert und war sowas von eingebildet und ist es immer noch. Der Kaiser hat einen kleinen Teil seines Vermögens in seine besondere Rüstung gesteckt, weil er sehr viel Wert auf ihn legt. Er hat mich mit ihnen total fertig gemacht, weil ich der schwächste und kleinste Ritter von allen war. Tobias hat zu mir gesagt, ich hätte keine Würde eine Ritterrüstung zu tragen und das war dann der Punkt, wo ich mich von den Rittern des Kaisers abgewendet habe und dann zum Raubritter wurde. Und als Raubritter hatte ich in den letzten Jahren einen sehr guten Erfolg", erzählte der junge Ritter. „Scheinbar hat sich dein angeblicher Freund Tobias in seinem Charakter doch nicht geändert", sagte Florian heimlich zu Timo. „Was ist jetzt eigentlich mit der Gegenleistung? Was sollen wir jetzt für dich tun?", fragte dann Timo. „Ihr vertraut mir jetzt also doch?", fragte der Ritter. „Ja, nach dieser Geschichte die du uns erzählt hast, vertrauen wir dir jetzt", bestätigte Timo. „Was ist jetzt mit der Gegenleistung? Was sollen wir tun?", fragte Florian. „Es gibt keine Gegenleistung. Das habe ich nur gesagt, damit ihr mitkommt und ich mit euch reden kann. Wenn man das so sieht, war das schon die Gegenleistung, die ihr ja dann erbracht habt", erklärte der Ritter. „Ich bin übrigens Timo Schwarz und das ist mein Kumpel Florian, der Erfinder", stellte Timo vor. „Dein Freund ist Erfinder? Kein Wunder konntet ihr so gut aus dem Kerker entkommen. Er hat ein helles Köpfchen", lobte der Ritter. „Und wie ist dein Name? Wir wollen dich ja nicht mit dem Namen Raubritter ansprechen." „Ich heiße wie unser Kaiser, Konstantin", stellte sich der Ritter vor. „Freut uns, dich kennenzulernen", sagten Florian und Timo. „Wie kannst du uns jetzt eigentlich die Ritterrüstungen besorgen?", fragte dann Florian. „Ich habe die in meinem Versteck. Die habe ich, wenn man es so sieht geklaut", sagte Konstantin. „Du hast sie geklaut?" „Natürlich habe ich die gestohlen, für den Fall, dass sich noch andere Ritter dazu entscheiden meinen Weg zu gehen", erklärte Konstantin und hatte dabei einen verborgenen Hintergedanken.

Die alte Mühle

Konstantin führte Timo und Florian dann zu seinem Versteck. Dieses befand sich außerhalb von Konstantinopel und dabei handelte es sich um eine alte Mühle, die schon seit einem Jahrhundert langsam zerfiel. Dort hatte der junge Ritter sein Domizil errichtet. Es war sehr einfach eingerichtet, aber sah trotzdem sehr gemütlich aus.

„Willkommen in meinem Geheimversteck", zeigte Konstantin.

168

Florian und Timo schauten sich um und sagten: „Nett, wirklich nett." „Es sieht schäbig aus, nicht wahr?", fragte dann Konstantin. „Aber nein, nicht doch. Es gibt alles her, was für ein Versteck wichtig ist. Ein Gebäude, das schon lange nicht mehr benutzt wird. Eine Feuerstelle, fließendes Wasser und Büsche, in denen man sich verstecken kann. Und einen Platz zum Schlafen", zählte Timo auf. „Ich habe nichts Besseres gefunden", sagte anschließend Konstantin. „Es ist völlig okay", erwiderte Florian. „Ihr habt bestimmt etwas anderes erwartet, aber hier gibt es halt nicht so viele Orte, die sich als Versteck eignen. Ihr müsst nämlich wissen, dass der Kaiser große Macht hat und hier sehr viel kontrolliert, mit Ausnahme von Gebäuden, die nicht mehr genutzt werden; wie diese alte Mühle hier", erklärte Konstantin und holte dann die Rüstungen. Diese hatten sogar genau die richtige Größe. „Hier sind die Ritterrüstungen. Zieht sie an und dann begrüße ich euch zu meinen ersten Rittern, die sich mir angeschlossen haben", sagte Konstantin voreilig und überraschend.

„Warte doch mal. Wir wollen doch keine Raubritter werden", platzte es aus Timo heraus. „Und wozu habe ich euch jetzt zu meinem Geheimversteck geführt und es euch gezeigt und wozu benötigt ihr dann die Ritterrüstungen?", fragte Konstantin und Enttäu-

schung lag in seiner Stimme. „Wir benötigen sie um
…" Florian hielt Timos Mund dann kurz zu, da er
wusste dass er den Namen Tobias sagen wollte und
fuhr fort: „Wir benötigen die Ritterrüstungen, um
uns in das Heer von Konstantin XI. einzuschleichen.
Wir haben noch eine offene Rechnung mit diesen
Schurken, die dafür gesorgt haben, dass wir vor vier
Jahren zum Tode verurteilt wurden. Wir wollen uns
mit anderen Worten an diesen Rittern rächen und sie
…", sagte Florian und fuhr mit seinem Finger über
den Hals. Timos Augen sprangen nach vorne, als er
das hörte. „WAS! Du willst diese Ritter tatsächlich
köpfen!", kam es überraschend von Timo. „Klar! So
wie die uns schon gedemütigt haben", bestätigte Florian.

Timo ging sofort ganz dicht an seinen Freund heran
und flüsterte: „Das ist doch jetzt nicht wirklich dein
Ernst? Du willst doch nicht ernsthaft einen Mord
begehen!" „Natürlich nicht", flüsterte Florian zurück, „obwohl ich sie wirklich töten könnte, nachdem was sie uns schon angetan haben", fuhr Florian
fort.

„Wenn ihr euch in das kaiserliche Heer einschleichen wollt, dann will ich auf jeden Fall dabei sein!
Mit diesen drei Rittern und Ritter Tobias habe ich

auch noch eine Rechnung offen! Sie werden dafür bezahlen, was sie mir früher angetan haben; und zwar mit ihrem Leben!", knurrte Konstantin.

In voller Rüstung

Timo und Florian hatten nun jemanden gefunden,
der ihnen helfen wollte. Jemanden, der ebenfalls von
den drei Rittern gedemütigt wurde. Und sogar von
Tobias, den sie vor dem Tode am 29. Mai 1453 bewahren wollen. Nur Ritter Konstantin, der sich von
den kaiserlichen Rittern abgewendet hatte hegte Ra-
chegefühle, die für Timo und Florian jetzt auch ein
Problem waren. Er würde Ritter Tobias sogar früher
töten, als in der Schlacht um Byzanz und das würde
dann wieder zu einer erneuten Änderung der Geschichte führen. Auf dem Bild im Geschichtsbuch
würde ihr Klassenkamerad dann zwar verschwinden,
aber er wäre dann trotzdem tot und aus der Geschichte ausgelöscht. Sie mussten jetzt also auch
noch verhindern, dass ihr neuer ritterlicher Freund
Tobias tötet.

Timo, Raubritter Konstantin und Florian befanden
sich immer noch bei der alten Mühle und zogen sich
die Ritterrüstungen an, nur diesmal waren es voll-
ständige Rüstungen und kein Schrott aus dem
Schuppen. Danach brachen sie wieder zurück in die
Stadt auf.

Dabei unterhielten sich Timo und Florian über das, was ihr neuer ritterlicher Freund Konstantin vorhatte, aber so dass er es nicht hörte.

„Flo, unser neuer Freund Konstantin denkt nur an Rache", sprach Timo heimlich an. „Das habe ich auch schon mitgekriegt. Er darf auf gar keinen Fall mit Tobias konfrontiert werden, sonst erhebt er sein Schwert und sticht ihn vor unseren Augen ab. Dann stehen wir wieder richtig schlecht dar und einen dritten Plan habe ich leider nicht", bedauerte Florian. „Mit diesem Plan muss es auf jeden Fall klappen. Sobald wir uns in das kaiserliche Heer eingeschlichen haben, müssen wir auf der Stelle mit ihm Kontakt aufnehmen", sagte Timo.

„Über was unterhaltet ihr euch denn?", fragte plötzlich Konstantin durch sein Visier. „Ähm … gar nichts von so großer Bedeutung. Es ist nur ein Gespräch unter zwei Freunden", log Timo. „Dann solltet ihr mich mal in euer Gespräch mit einbeziehen, denn ich bin ja schließlich auch jetzt ein Freund von euch", erwiderte Konstantin. „Ja, machen wir."

Und das taten sie auch, aber sie redeten dann über ein anderes Thema. Als Gesprächsstoff benutzten sie die Situation, als sie 1448 im Kerker waren.

„Und da waren wir dann, im tiefsten und feuchten Kerker des Schlosses und es wimmelte nur so von Ratten. Wir beide waren mit rostigen Ketten an die Wand gekettet und sie krochen zu unseren Füßen. Wir mussten sie immer wieder verscheuchen, aber sie kamen immer wieder zurück. Unsere Hoffnungen schienen verloren und dann haben wir unsere letzten Kraftreserven zusammengenommen und die Ketten gesprengt", erzählte Timo. „Und dann sind wir mithilfe einer Erfindung von mir aus dem Kerker geflohen", erwiderte Florian, was sogar nicht gelogen war. Er durfte nur nicht die Zeitreiseuhr erwähnen. „Wie konntet ihr dann eigentlich vier Jahre so abtauchen und dann unentdeckt bleiben? Das würde mich mal echt interessieren", fragte dann Konstantin. „Wir haben mit anderen Worten die vier Jahre übersprungen, zumindest kam uns das so vor. Haben … wenn man es so sieht in einer anderen Zeit gesteckt", rutschte es aus Timo heraus. „Was? Das… verstehe ich jetzt nicht." „Ähm … ich meinte es war für uns wie eine andere Zeit. Anders können wir es dir nicht sagen", log sofort Timo.

Als sie wieder durch die Straßen von Konstantinopel marschierten, winkten ihnen einige Bürger zu. „Warum winken die uns zu?", fragte Florian. „Sie denken, wir wären kaiserliche Ritter, mit anderen Worten Beschützer von Konstantinopel. Es ist nämlich so, dass ich schon mal kurz an den Grenzen unseres Reichs war und jede Menge Zelte gesehen habe, osmanische Zelte. Deswegen bin ich mir absolut sicher, dass sie hier bald einfallen werden. Und ich weiß auch, dass dieser neue Sultan, den sie haben nicht lange fackeln wird. Der ist voll auf Eroberung aus. Wie der heißt, weiß ich aber jetzt nicht", erzählte dann Konstantin. „Du warst alleine an der Grenze des Reichs?" „Ja, als Raubritter hat man nun mal seine gewissen Freiheiten. Ich habe mich an der Grenze versteckt und diesen Sultan beobachtet. Und da habe ich gesehen, wie sie Kämpfe geprobt haben und Kanonen abgeschossen haben. Und immer mehr Krieger sind am Horizont aufgetaucht und haben sich im Lager gesammelt", erzählte Konstantin.

„Wenn du jetzt noch ein echter Ritter des Kaisers gewesen wärst, hättest du sofort Bericht erstatten müssen, damit er auf eine Schlacht vorbereitet ist", sprach Timo an. „Hätte ich, aber ich habe mich ja von den Rittern des Kaisers abgewendet, also ist es mir mit anderen Worten egal", erwiderte Konstantin. „Wie kann dir das denn egal sein?", fragte Timo. „Es ist mir nun mal egal, weil ich kein Ritter des Kaisers mehr bin", antwortete Konstantin. „Aber du bist immer noch ein Ritter." Konstantin sagte darauf aber kein Wort mehr.

Sie erreichten dann den Platz, wo zuvor Kaiser Konstantin XI. seine Ansprache gehalten hatte und wo der osmanische Spitzel hingerichtet wurde. Da, wo vorher noch jede Menge Ritter waren, war nun kein Mensch mehr.

„Hey! Vorhin waren sie doch alle noch da", wunderte sich Timo. „Die scheinen in Zwischenzeit wieder zurück zum Schloss aufgebrochen sein", erwiderte Florian. „Eigentlich hatte ich vor, dass wir uns hier heimlich in Konstantins Heer einschleichen." „Du meinst das Heer des Kaisers", korrigierte Konstantin. „Dann eben das Heer von Konstantin XI.", erwiderte Timo.

Zurück auf dem kaiserlichen Grundstück

Sie durchquerten dann langsam das Tor, welches glücklicherweise offen stand. Timo war es etwas mulmig im Bauch, obwohl er eine Ritterrüstung trug. Florian blieb so cool wie es nur ging. „Oh Mann, ich habe da echt ein mieses Gefühl", sagte Timo. „Wieso denn?", fragte dann Konstantin. „Na ja, was ist wenn unser Plan doch schief geht? Was ist, wenn wir es nicht schaffen To …" Florians Hand ging zu Timos Visier. „Was ist, wenn diese Kerle uns an unseren Stimmen erkennen?", fragte Timo nervös. „Wir müssen ganz einfach nur unsere Stimmen verstellen, dann klappt alles schon. Und wenn wir im Heer sind, dann machen wir erst einmal das, was uns aufgetragen wird, damit kein Verdacht auf uns gelenkt wird und wenn wir Siegfried, Fredo, Alfred und Tobias irgendwann alleine erwischen, bringen wir sie auf der Stelle um!", knurrte Konstantin und seine Hand wurde zu einer festen Faust.

Danach packte er sein Schwert und schwang es gegen einen Baum, wo die Schneide in dessen Rinde verschwand. Dies erweckte dann die Aufmerksamkeit von zwei Rittern, die sich in ihrer Nähe befanden. Es handelte sich aber nicht um die Ritter, die Konstantin umbringen wollte sondern es waren die Torwächter.

„Hey! Hast du das gehört?", fragte dann einer der Torwächter, der etwas längere Haare trug. „Ja! Da ist jemand auf dem kaiserlichen Grundstück", bestätigte der andere Torwächter. „Oh nein! Das Tor. Wir haben vergessen das Tor zu schließen. Der Kaiser wird uns köpfen!"

Sie eilten nun zum Tor und dann sahen sie sie. „Hey! Keine Bewegung! Wer seid ihr?", fragte der Torwächter streng und zog sein Schwert. „Sagt mal, seid ihr blind! Wir sind doch Ritter von Konstantin XI.", sagte Timo mit verstellter Stimme. „Und wo sind eure Pferde?", fragte der Torwächter. „Unsere Pferde sind uns weggelaufen, als wir von den Osmanen an der Grenze angegriffen wurden. Wir konnten noch rechtzeitig entkommen. An der Grenze sammeln sich osmanische Krieger. Und es werden immer mehr", erzählte Florian. „Wiederholt das noch einmal", bat dann der andere Torwächter. Und so wiederholten sie es noch einmal.

Anschließend schlossen die Torwächter die Tore und baten Konstantin, Timo und Florian ihre Erlebnisse, die zur Hälfte gelogen waren, Konstantin XI. zu schildern. Dazu wurden sie wieder in den kaiserlichen Palast gebeten, wo ein nachdenklicher Kaiser in seinem Thron saß. In seiner Nähe befanden sich die drei Ritter, welche dem Kaiser vor 4 Jahren die Lügengeschichte aufgetischt hatten. Die beiden Torwächter näherten sich dem Kaiser. Als sie vor dem Kaiser ankamen verbeugten sich diese erst einmal. Danach sagten sie: „Eure Majestät, wir bedauern jetzt unsere Störung, aber was wir jetzt zu sagen haben, betrifft die Sicherheit unseres Reichs. Diese drei Ritter hier sind nur knapp dem Tode entkommen. Ihre Pferde haben sie bei der Flucht verloren. Sie haben Ihnen etwas ganz Wichtiges zu berichten." Und das war das Zeichen dafür, dass sie jetzt reden mussten. „Was habt ihr mir denn so Wichtiges zu berichten. Sprecht bitte", bat dann der Kaiser und erhob sich von seinem Thron.

Timo schluckte dann. Er durfte jetzt auf gar keinen Fall mit seiner richtigen Stimme sprechen, sonst würde der Kaiser sie sofort erkennen. „Nun ja, wir waren an der Grenze zum osmanischen Reich und haben dort gesehen ... wie der Sultan mehr und mehr von seinen Kriegern sammelt. Er ... wird mit Sicherheit bald angreifen und keiner hat bis jetzt die Grenze so richtig genau kontrolliert", erzählte Timo

179

mit seiner verstellten Stimme. „Hm, irgendetwas kommt mir an dieser Stimme bekannt vor", munkelte Siegfried zu Fredo. „Mir kommt auch etwas an dieser Stimme bekannt vor", bestätigte Fredo. „Ja ... und mir irgendwie auch", kam es von Alfred.

‚Oh Shit, ich fürchte die haben Timo erkannt', dachte Florian ohne ein Wort zu sagen. „Hm, wie lange wart ihr eigentlich an der Grenze?", fragte Siegfried. „Ähm, lange genug", antwortete Timo mit seiner verstellten Stimme. „Und du? Wie lange bist du schon Ritter?", fragte plötzlich Alfred zu Konstantin.

Konstantin hätte am liebsten schon sein Schwert gezogen und Alfred den Kopf abgeschlagen, aber er hielt sich zurück.

„Ich bin schon lange genug Ritter, 4 Jahre lang", antwortete Konstantin. „Vier Jahre? Hm, das ist doch irgendwie komisch", sagte dann Alfred. „Was soll denn daran so komisch sein?", fragte Konstantin zurück. „Weil vor vier Jahren sich einer unserer Ritter von uns abgewandt hat und zu einem Raubritter wurde. Und dieser Ritter hatte genau die gleiche Größe wie du!", sagte Siegfried, zuckte sein Schwert und entfernte das Visier von Konstantin. Darauf konnten sie dann sein Gesicht sehen. „Aha! Dachten wir es uns doch. Unser kleiner Konstantin ist zu-

rückgekehrt. Na, das Raubrittertum war wohl doch
nicht das Wahre für dich, du Lusche. Du hast dich
überhaupt nicht verändert!", lästerten die drei Ritter.

Konstantins Wut brodelte hoch, aber er konnte sich
noch zurückhalten. Timo und Florian wurden stattdessen nervöser, weil sie dachten, die drei Ritter
würden mit ihnen dasselbe tun und dann wäre alles
aus und auch ihr zweiter Versuch, Tobias aus dem
Spätmittelalter des byzantinischen Reichs zu retten
wäre dann ebenfalls gescheitert.

„RUHE! Was hat das hier jetzt zu bedeuten!", knurrte Konstantin XI. „Eure Majestät, das hier ist Ihr
Namensvetter Konstantin, einer der sich vor vier
Jahren dafür entschieden hat, Raubritter zu werden.
Und was Raubritter tun, wissen Sie ja." Siegfried
rieb sich seine Hände und fuhr fort. „Nehmen Sie
diesen Schurken fest." „Schweig stille! Du hast mir
hier keine Befehle zu erteilen, Siegfried! Ich bin hier
immer noch der Kaiser! So etwas verbitte ich mir!
Kommt das noch einmal vor, dann erhebe Ich Sie
ihres Ranges als einer der Oberbefehlshaber meines
Rittertums", drohte der Kaiser. Diese Worte des Kaisers gefielen jetzt Timo und Florian natürlich, aber
sie gaben keinen Mucks von sich. „Ja, eure Hoheit",
bestätigte Siegfried brummig. „Und jetzt zu dir,

Konstantin. Du weißt ganz genau, dass Raubritter wie Verbrecher behandelt werden, weil sie sich von mir, dem Kaiser abgewendet haben. Normalerweise müsste ich dich jetzt wirklich festnehmen lassen, so wie Siegfried gesagt hat, aber das tue ich jetzt nicht, weil ich jeden frischen Ritter benötige, weil eine Schlacht unmittelbar hervorsteht. Ich benötige Leute, die die Grenzen zu meinem Reich kontrollieren und da ihr ja schon an den Grenzen wart, beordere ich euch dort morgen wieder hin und ihr werdet die Grenze weiter bewachen und mir dann nach einer Woche wieder Bericht erstatten. Danach schicke ich einige meiner besten Ritter, unter Führung von Ritter Tobias los, die dann das Lager der Osmanen stürmen. Vielleicht können wir ja dadurch den Sultan etwas schwächen. Und damit bekommst du von mir noch mal eine zweite Chance." Der Kaiser setzte sich nach diesen Worten wieder zurück in seinen Thron.

Konstantins Drohung

Damit beendete der Kaiser das Gespräch und schickte seine Ritter unter Begleitung von Konstantin, Timo und Florian weg. Während die Ritter wiederwillig die drei Freunde zu ihren Zimmern führte, kam es dann von Siegfried: „Ich könnte dich hier und jetzt umbringen, du falsches Aas!" Konstantin zuckte sein Schwert und sagte dann mit pulsierender, roter Stirn: „Ich werde dich töten, du mieses Stück Dreck und die anderen auch! Zwar nicht jetzt, aber ich werde es tun! Das schwöre ich bei meiner Ehre als Raubritter und Ritter, wenn der Kaiser nicht in der Nähe ist! Ihr und Tobias habt mir mein Leben zerstört! Ihr wart der Grund, warum ich mich vom Kaiser abgewendet habe und Raubritter wurde, weil ihr mir die Ritterausbildung zur Hölle gemacht habt! Ihr und dieser eingebildete und großkotzige Ritter Tobias! Ich bringe euch allesamt um! Und ich räche auch damit meine neuen Freunde Florian und Timo, denen ihr das Leben auch zur Hölle gemacht habt! Ich bin nicht mehr der, der ich früher mal war!", drohte Konstantin.

Jetzt war es aus, dachten Florian und Timo. Damit hatte Konstantin ihre Tarnung aufgehoben und sie steckten noch nicht mal lange in den Ritterrüstungen drinnen.

„Verdammt", sagte dann Florian. „OH! IHR SEID DAS ALSO! Ihr seid die beiden anderen Ritter! Wie konntet ihr aus dem mit Ratten verseuchten Kerker entkommen und so untertauchen?! Ich wusste doch, dass mir etwas an der Stimme bekannt vorkam aber jetzt seid ihr des Todes! Ich bringe euch hier und jetzt um!", knurrte Siegfried, der sein Schwert zuckte, dass aber sofort von Konstantin weggeschleudert wurde und klirrend zu Boden fiel. „Versuche es erst gar nicht, Siegfried! Ich bin seit meiner höllischen Ritterausbildung wesentlich stärker geworden, habe mit meinem Schwert Banditen, die mich überfallen haben erledigt!", drohte Konstantin und seine Augen wurden zu Schlitze. „WACHEN! WACHEN!", schrie Alfred, der aber sofort zum Schweigen gebracht wurde, indem Konstantin mit dem Griff seines Schwertes auf dem Helm schlug und Alfred zu Boden sackte. Währenddessen holte Siegfried sein Schwert zurück, das aber dann wieder von Konstantin weggeschleudert wurde. „JETZT WIRD ABGERECHNET!", knurrte Konstantin und schlug aus, verfehlte aber Siegfried.

Das Duell

In diesem Augenblick zuckte Fredo sein Schwert
und duellierte sich mit Konstantin, der aber um Einiges besser kämpfte. Immer wieder prallten die
Schwerter klirrend aufeinander. Etwas kam Timo an
der Art und Weise des Schwertkampfes von Konstantin sehr bekannt und vertraulich vor. Sie dachten
schließlich beide nach und dann fiel es ihnen wieder
ein. Ihr Freund Constantius, später als Constantius
II., Kaiser des oströmischen Reichs kämpfte genauso
wie er. Ob es sich bei Konstantin um einen fernen
Nachfahren von Constantius handelte? Diese Frage
stellten sich Timo und Florian jetzt.

„Hey Florian, Konstantin kämpft ja genauso wie unser Freund Constantius", sagte Timo. „Ja, das ist mir
eben gerade auch aufgefallen", erwiderte Florian.
„Meinst du, wir sollten mitmischen?", fragte dann
Timo. „Nein, lass mal. Ich glaube Konstantin wird
unsere Hilfe nicht benötigen", antwortete Florian
und blickte auf Fredo, der am Boden lag, mit ausgestreckten Armen. Selbst Siegfried bekam jetzt doch
Ehrfurcht vor dem jungen Ritter, denn er hätte nicht
gedacht, dass Konstantin so stark werden würde und
nahm schließlich seine Drohung etwas ernster.

„Wir sind noch nicht fertig!", knurrte Siegfried dennoch mit zusammengebissenen Zähnen. „Wenn du tot bist sind wir fertig! Und auch die anderen Demütiger", erwiderte Konstantin. Er steckte sein Schwert aber wieder zurück in seine Schnalle, denn er wollte jetzt niemanden auf dem Boden des Kaisers töten, denn das würde dann auch für ihn nicht so gut sein und sein Ende besiegeln und deshalb ging er mit Timo und Florian in Richtung Zimmer. Siegfried ballte seine Hände so zu Fäusten zusammen, dass sogar die Haut aufplatzte. In der Zwischenzeit kamen auch wieder Fredo und Alfred zu sich.

„DIESER MIESE KLEINE WURM UND VERRÄTER! Aber du wirst den Tag verfluchen, an dem du geboren wurdest!", knurrte Siegfried und es hallte durch den kaiserlichen Palast.

Die anderen betraten dann ihr Zimmer, das relativ einfach eingerichtet war. Das Bett war alt und Kissen fehlten. Als Decke diente eine alte, vergilbte Decke. Und auch eine Feuerstelle war vorhanden. Von Prunk und kaiserlichem Glanz war in diesem Zimmer nichts zu sehen. „Mann, das Zimmer ist ja echt kläglich eingerichtet", sagte Timo und schaute sich um. „Was hast du denn anderes erwartet? Ein Luxuszimmer für Ritter? Wir bleiben hier ja nur für

186

eine Nacht und morgen befinden wir uns auf dem Weg zur Grenze des Reichs." Er ging dann wieder dichter an Timo heran und flüsterte weiter. „Wir müssen Tobias finden. Vielleicht gelingt uns das ja heute Nacht." „Was, du willst dich mitten in der Nacht im Schloss herumschleichen?", stellte Timo dann in Frage. „Klar. Wir sind jetzt da, wo wir hin wollten. Der Kaiser weiß nicht, wer wir beide wirklich sind und das ist jetzt unsere Chance. Und wenn wir mit Tobias gesprochen haben, dann können wir bald wieder zurück in das Jahr 2015", flüsterte Florian. „Wir müssen ihn erst mal davon überzeugen, dass er bei der Schlacht um Konstantinopel getötet wird und das wird nicht gerade leicht, weil wir beide ja wissen, wie der tickt."

„Was flüstert ihr denn da schon wieder? Das ist jetzt schon das zweite Mal, wo ihr das tut. Habt ihr etwa noch irgendwelche Geheimnisse vor mir?", fragte Konstantin. „Nein Konstantin, wir haben keine weiteren Geheimnisse. Wir haben uns nur darüber unterhalten, wie stark du gegen unsere Peiniger gekämpft hast", log Timo. „Darüber hätten wir uns auch lauter unterhalten können", sagte dann Konstantin.

Nachts im Schloss

Florian und Timo standen dann tatsächlich mitten in der Nacht auf, um nach dem Zimmer von Tobias zu suchen. Beide trugen brennende Fackeln in der Hand und schlichen durch die Gänge, die ebenfalls nur schwach beleuchtet waren. Ihr Freund Konstantin hatte nichts davon mitgekriegt und schlief.

„Oh Mann, hier in diesen alten Gemäuern ist es ganz schön frisch", fror Timo. „So etwas wie Heizung gab es im Spätmittelalter leider nicht, nur warme Feuerstellen", bedauerte Florian.

Irgendwann erreichten sie eine Tür vor der zwei Wachen standen. Diese hatten Speere in den Händen und an der Seite befanden sich edle Schwerter. Florian und Timo huschten dann hinter einen Pfeiler und versteckten sich. „Das muss sein Zimmer sein", dachte Florian. „Das kann auch das Schlafgemach des Kaisers sein, denn der Kaiser wurde immer sehr gut bewacht und besonders in Situationen, wenn eine Schlacht kurz hervorstand", erklärte Timo.

Die Wachen regten sich und darauf wussten Timo und Florian, dass sie etwas bemerkt hatten. „Hey! Ist

188

hier jemand?", riefen sie. Es herrschte aber Stille, weil Timo und Florian so ruhig blieben, wie sie nur konnten. „Ich habe doch eben gerade etwas gehört", sagte die Wache. „Vielleicht war das auch nur der Wind oder irgendwelches Ungeziefer wie Ratten. Die gibt es hier in Unmengen." „Nein, die Geräusche die ich gehört habe, waren menschlich. Jemand schleicht durch das Schloss", kam es erneut von der Wache. „Dann sollten wir einfach mal nachschauen, wer hier durch das Schloss schleicht." „Wir dürfen aber unseren Posten nicht verlassen", erklärte die andere Wache. „In diesem Fall schon."

Und so verließen die Wachen ihren Posten und Timo und Florian waren nun alleine im Gang. Diese Gelegenheit nutzten sie, um in das Zimmer zu entschwinden. Als sie drinnen waren, sahen sie einen schlafenden Kaiser in seinem edlen Bett liegen. Sofort bekamen sie einen Schreck. „Verdammt! Das ist wirklich das Schlafgemach des Kaisers. Schnell, schließe wieder die Tür aber leiser", bat Timo. Dies tat Florian dann auch und beide wollten wieder verschwinden. Daraus wurde aber leider nichts, denn sie wurden plötzlich grob von hinten zurückgezogen und zu Boden gerissen. Beide knallten auf den Rücken und blickten dann in das finstere Gesicht von Siegfried.

Dieser legte die beiden grob in Ketten und zog sie auf dem Boden weg.

„JETZT SEID IHR TOT UND EUER RITTERLI-CHER FREUND AUCH! Und keiner kann euch jetzt mehr helfen, a, ha, ha, ha! Denn wir enthaupten euch noch heute Nacht! Ihr wurdet ja eh vor vier Jahren vom Kaiser zum Tode auf dem Schafott verurteilt! Und das holen wir jetzt nach! Verurteilungen verjähren nämlich nicht!", knurrte Siegfried.

Fredo und Alfred tauchten dann auch auf und zwar mit Konstantin im Schlepptau. Dieser konnte sich überhaupt nicht mehr bewegen, weil er noch fester in Ketten gelegt war. Sogar sein Mund war verbunden. „HILFE!", schrien Timo und Florian durch das Schloss, aber dann wurden auch ihre Münder verbunden und sie konnten nicht mehr um Hilfe rufen. „SCHNAUZE!", zischte Siegfried.

Aber ihr Hilferuf wurde trotzdem noch von weitem wahrgenommen, da sich die beiden Wachen von Konstantin XI. im Gang befanden. „Hast du das gehört?" „Ja, da hat jemand um Hilfe geschrien. Das sollten wir überprüfen!", forderte die Wache und eilte mit der anderen Wache in Richtung, aus der die Hilfeschreie kamen.

Im Angesicht des Todes

Draußen war es kühl und dunkel. Als Schatten huschten die feindlichen Ritter über das Gelände und verließen das kaiserliche Grundstück. Es war kaum jemand draußen, bis auf ein paar Leute, die kein Dach über dem Kopf hatten. „Was … geht denn da vor?", fragte eine dieser Personen und schaute den Rittern hinterher, die Konstantin, Timo und Florian über ihre Schultern gespannt hatten und wegtrugen. Keiner der Personen rührte jedoch einen Finger. Sie gingen von Gasse zu Gasse und erreichten irgendwann den Platz, wo Feinde des Reichs und Verbrecher hingerichtet wurden. Das glänzende Metall des Schafotts funkelte im Mondlicht und man sah noch Reste von Blut an der Klinge hängen. Florian und Timo wurden auf das Schafott geschmissen, die Hälse befanden sich direkt unter der Klinge. Sie sahen sozusagen dem Tod direkt in das Angesicht.

Sollte jetzt etwa so ihr Zeitreise Abenteuer enden? War nun alles umsonst und sie würden zusammen mit ihrem Klassenkameraden Tobias in der Vergangenheit sterben?

„SO! LEBT WOHL IHR ELENDEN KNABEN UND FAHRT ZUR HÖLLE!", knurrte Siegfried und wollte gerade das Beil entsichern, so dass es direkt auf Timo und Florian fallen konnte.

Rettung in letzter Sekunde

In diesem Augenblick tauchten von hinten die beiden Wachen auf. Sie waren zu Pferde und in Begleitung von noch zwei anderen Rittern, die Nachtdienst hatten. „Was geht hier vor?", fragte einer der Ritter. „Das sieht mir ganz nach einer illegalen Hinrichtung aus", kam es empört vom anderen Ritter zurück. „Das… ist keine illegale Hinrichtung! Diese beiden Knaben wurden vor vier Jahren von unserem Kaiser zum Tode verurteil, und zwar als Spione! Sie waren damals sogar in dem mit Ratten verseuchten Kerker und sind aus diesem entflohen! Wir wissen nicht wie sie das geschafft haben und dann sind sie für vier Jahre untergetaucht und nicht mehr aufgetaucht. Und gestern sind sie mit diesem Raubritter, diesem Konstantin wieder aufgekreuzt und zwar auf dem kaiserlichen Grundstück! Sie waren alle drei in voller Rüstung. Und dieser Konstantin hat gedroht uns zu töten und hat sich mit uns im Palast duelliert! Sie verdienen den Tod!", knurrte Siegfried. „Schnauze Siegfried!" Er wurde schließlich mit der Hand niedergeschlagen und fiel zu Boden. „Das ist eine illegale Hinrichtung und im Namen unseres Kaisers Konstantin XI. seid ihr alle drei verhaftet! Es ist wirklich eine Schande für unser edles Rittertum solche Ritter im Dienst zu haben! Führt die drei ab! SOFORT! Sie sollen aus meinen Augen verschwinden!", forderte die Wache und schließlich wurden Siegfried, Alfred und Fredo abgeführt. Timo und Florian wurden schließlich auch befreit und waren damit wieder außer Gefahr.

An den Reichsgrenzen

Am nächsten Morgen zogen sich Timo und Florian wieder die schweren Ritterrüstungen an. Als das geschehen war, erhofften sie sich noch Ritter Tobias zu sehen, und mit ihm vor ihrer Abreise zur Reichsgrenze in Kontakt zu treten. Dies blieb aber leider aus, weil sie keine Chance dazu hatten, da er nicht anwesend war.

Mit Lanzen und Schwertern bewaffnet befanden sie sich nun mit ihrem Freund Konstantin auf dem Weg zur Grenze zum osmanischen Reich von 1452. Sie waren zu Pferde. „Oh Mann! Denen ihre Gesichter hätte ich zu gerne noch ein zweites Mal gesehen. Jetzt muss ich mir wenigstens nicht mehr mein Schwert mit ihrem Blut besudeln", sagte Konstantin. „Unsere Stunde hätte heute Nacht fast geschlagen. So nah waren wir dem Tode echt noch nie", erwiderte Timo. „Es hätte wirklich nicht mehr viel gefehlt und wir wären geköpft worden", sagte dann Florian. „Jetzt beruhigt euch wieder mal. Diese drei Ritter machen uns keinen Ärger mehr. Wir sind bald an der Grenze und da wird es bestimmt von Osmanen nur so wimmeln. Wir müssen darauf gefasst sein, dass wir bestimmt gegen welche von denen kämpfen müssen", sagte dann Konstantin und ritt voraus. „Na super, ich kann es kaum abwarten."

Als sie gemeinsam nun die Grenzen nach mehreren Tagen erreichten, sahen sie ein großes osmanisches Zeltlager mit osmanischen Kriegern vor sich, zum zweiten Mal schon, da sie ja schon in so einem Lager waren und sogar vor die Füße des Sultans geworfen wurden.

Sultan Mehmed II. hatte seine Krieger für die hervorstehende Schlacht im Jahr 1453 schon gesammelt und plante seine Eroberung von Konstantinopel, Schachzug für Schachzug. „Das sieht echt übel aus", sagte dann Konstantin.

Er blickte auf sehr viele Waffen, wie Katapulte, Speere plus eine riesige Kanone, die auf einem hölzernen Gefährt aufgebaut war. „Ich schätze mal, das Ende von Byzanz und Konstantinopel ist diesmal wirklich so gut wie besiegelt. Mit so vielen Waffen und Kriegern und mit so einer Kanone habe ich nicht gerechnet. Dieser Sultan scheint doch mächtiger zu sein, als ich gedacht habe", sagte Konstantin zu Florian und Timo. Timo und Florian wussten, dass Konstantinopel am 29. Mai 1453 fällt, da sie ja persönlich dabei waren und alles mitgekriegt hatten. „Gegen so eine Streitmacht ist unser Kaiser machtlos", gab Konstantin dann zu. „So ist es auch", kam es unbewusst von Timo. „Was hast du da gerade gesagt, Timo? Wiederhole das bitte noch mal", bat Konstantin.

Nichts als die Wahrheit

Und so mussten sie ihrem Freund nun die Wahrheit sagen. „Die Wahrheit ist, dass wir gar nicht aus dieser Zeit hier stammen. Wir stammen aus der Zukunft und zwar aus dem Jahr 2015. All das, was hier gerade passiert steht in unseren Geschichtsbüchern drinnen und es gibt sogar ein Bild davon wo die Mauern von Konstantinopel umkämpft werden. Und wir konnten damals nur aus dem Kerker entkommen, weil wir in das Jahr 1453 gereist sind und einen Klassenkameraden von uns vor dem Tode in der Schlacht, die bald stattfindet retten wollten. Aber das haben wir leider nicht geschafft und er ist vor unseren Augen gestorben. Und dieser Klassenkamerad von uns ist genau der, der dich mit den anderen Rittern gepeinigt hat. Er heißt Tobias Hasenpflug und wird hier jetzt mit dem Titel Ritter Tobias angesprochen. Er ist ein sehr kämpferischer Charakter und konnte nur deshalb zu so einem starken Ritter werden und heranwachsen. Und du bist nicht der einzige, dessen Leben er zur Hölle gemacht hat, nämlich meins auch. Es verging kein Tag, wo er mit seiner Bande mir etwas angetan hat und zwar hauptsächlich in der Schule. Es war einfach nur grauenhaft, bis zu dem Zeitpunkt, wo ich mich dann gewehrt habe und ihm ein Bein gebrochen habe. Danach habe ich mich auch nicht viel besser gefühlt und bin sogar in das Krankenhaus gefahren, um meinen Peiniger zu besuchen, was ihm am Anfang aber missfallen ist. Später haben wir uns dann unterhalten und dabei habe ich ihm über unser Abenteuer im Jahr 330 erzählt und von der Zeitreiseuhr."

Timo brauchte jetzt mal eine kleine Atempause, während sie ein erstarrter Konstantin anschaute. „Das klingt jetzt für dich zwar verrückt und unglaubwürdig, aber alles entspricht der Wahrheit", fuhr Florian fort. „Und Tobias konnte nur durch meine Zeitreiseuhr hier irgendwann im Jahr 1445 landen und so irgendwie zum Ritter werden, bis er dann am 29. Mai 1453, beim Fall von Byzanz und Konstantinopel gestorben ist", erzählte Timo weiter und zeigte dann Konstantin seine Zeitreiseuhr.

Am Anfang sagte Konstantin erst einmal nichts und starrte sie weiter an, bis Florian die Stille unterbrach und sagte. „Und noch etwas, was du wissen solltest. Als wir im Jahr 1453 beim Schlachtfeld waren, ist es uns nicht gelungen Tobias zu retten. Er ist vor unseren Augen gestorben und dann haben uns die Osmanen geschnappt und uns vor den Sultan geschmissen.

Und wir mussten ihm Treue schwören." „IHR
HABT WAS!!! Ihr habt dem Feind Treue geschworen! Das ist Hochverrat!", fauchte Konstantin und
zog sein Schwert. „WARTE! Stecke das Schwert
bitte wieder ein! Du kennst noch nicht die ganze Geschichte! Wir mussten ihm Treue schwören, sonst
hätte er uns töten lassen. Aber wir haben ihn dabei
betrogen. Wir haben die Finger gekreuzt und das
bedeutet in unserer Zeit, dass wir es nicht ernst ge-
meint haben. Wir schwören doch niemanden Treue,
der nicht zu unserer Religion gehört und so viele
Menschenleben auf dem Gewissen hat", erklärte Timo schnell.

Konstantin steckte sein Schwert wieder zurück in
seine Schnalle. „Ich muss feststellen, das ihr beide
wirklich schlau und gerissen seid. Mit anderen Worten, ich bin echt beeindruckt von euch und euren Er-
lebnissen", sagte er dann. „Heißt das, du hältst uns
jetzt nicht für verrückt?", fragte dann Florian. „Nein,
warum sollte ich. Ihr wart ehrlich zu mir und habt
mir die Wahrheit gesagt. Aber ich hätte euch beinahe
trotzdem mit meinem Schwert niedergemetzelt",
antwortete Konstantin. „Das war echt knapp", gab
Timo zu. „Ihr könnt euch also andere Zeiten anschauen und dort wieder verschwinden, wenn ihr es
wollt. Das finde ich ja echt stark", kam es von Kon-

stantin. „Ja, das können wir und haben es schon
mehrere Male getan. Wir haben sogar Konstantin
den Großen kennengelernt und waren mit seinem
Sohn Constantius II. befreundet. Um ganz ehrlich zu
sein, erinnerst du uns ein bisschen an ihn", erzählte
Timo. „Und dieser Ritter Tobias gehört also gar
nicht hierher und heißt in Wirklichkeit Tobias Hasenpflug, recht merkwürdiger Name finde ich." „So
ist es und er ist bei uns ein ganz normaler Durch-
schnittsschüler mit schlechteren Noten. Und wenn er
hier nicht bald aus dem 15. Jahrhundert verschwindet und hier auch noch später stirbt und eine längere
Zeit tot ist, hat das üble Konsequenzen auf sein Leben in unserer Zeit und seine Existenz in unserem
Jahrhundert wird Stück für Stück ausgelöscht", erklärte Timo. „Es ist nämlich so, dass man sich in
geschichtliche Ereignisse nicht einmischen darf,
sonst bekommt der Zeitstrahl einen Knick und die
Zukunft ändert sich. Deshalb musst du uns schwören, dass du alles, was wir dir hier jetzt erzählt haben
für dich behältst. Du weißt jetzt schon recht viel über
die Zukunft. Du weißt von uns, dass Konstantinopel
in einem Jahr fällt und es ist wichtig, dass du das für
dich behältst. Der Kaiser wird mit seinen Rittern
nichts erreichen, weil er zu wenige Krieger hat. Das
Byzantinische Reich wird am 29. Mai 1453 fallen

und keiner kann etwas dagegen unternehmen. Der Sieg gehört leider dem Sultan da unten. Das darf auf keinen Fall verhindert werden, weil das ein wichtiges geschichtliches Ereignis ist, auch wenn es sehr schwer fällt. Schwörst du, Konstantin dass du alles, was du jetzt von uns erfahren hast für dich behältst?" „Ja, ich schwöre es bei meiner Ehre als Ritter, auch wenn ich eigentlich nur ein Raubritter bin. Aus meinem Mund kommt nichts über eure Geschichte raus", schwor Konstantin und erhob seine Hand. „Gut." Sie schlugen dann gegenseitig ein.

Geschnappt!

Sie wendeten sich dann trotz ihrer Geschichte wieder dem eigentlichen Auftrag des Kaisers zu. Da es eine sehr gute Chance war, endlich an Ritter Tobias alias Tobias Hasenpflug heranzukommen. Sie fühlten sich jetzt auch viel wohler, weil sie endlich ehrlich mit dem jungen Raubritter sprechen konnten und nichts mehr verheimlichen mussten. Sie beobachteten dann eine Gruppe von Osmanen, die gerade ein Kampf-training absolvierten.

„Sollten wir nicht lieber langsam zurückreiten und dem Kaiser Bericht erstatten? Auch wenn er nach eurer Geschichte in einem Jahr sein Reich verlieren wird, sollten wir trotzdem seinen Auftrag ausfüh-ren", fragte Konstantin. „Einen Moment noch", ant-wortete Timo und beobachtete weiter den Trainings-kampf und sah dann wie sie sich sogar gegenseitig abstachen.

„HAST DU DAS GESEHEN! Die haben sich eben sogar selbstständig abgestochen, obwohl das nur ein Trainingskampf ist! Meine Fresse!", platzte es aus Timo heraus. „Nicht so laut", bat Florian, „dann können wir von Glück reden, dass uns Constantius im Training nicht abgestochen hat", fuhr Florian fort. „So ist das nun mal bei den Osmanen, nur die stärkeren dürfen in eine Schlacht ziehen, die Schwächeren müssen sterben", erklärte Konstantin und sprang auf sein Pferd zurück. „Das ist echt mies."

In diesem Augenblick ging ein Pfeilhagel über sie nieder. „DUCKT EUCH!", forderte Konstantin. „Verdammt! Die haben uns entdeckt!", schrie Florian.

Eine Gruppe Osmanen sprang mit Bögen und Säbeln aus den Büschen und schnappten sich die drei Spione. Sie wurden gefesselt und in Ketten weggeschleift. Dabei brüllten sie etwas in osmanischer Sprache.

Vor dem Sultan

Sie wurden zu einem größeren Zelt gebracht, herumgestoßen und sogar ausgepeitscht. Vor dem Zelt standen zwei Wesire, einer trug einen schwarzen Vollbart und einen dunkelroten, persischen Umhang. Auf dem Kopf saß ein mintgrüner Turban. Florian und Timo wussten, dass es sich bei dem einen Wesir natürlich um Ahmed handelte, mit dem sie schon das letzte Mal zu tun hatten. Nur dieser Ahmed kannte sie natürlich jetzt nicht. Die Wesire verbeugten sich und gingen zur Seite, wobei Ahmed Timo und Florian dann doch etwas genauer anschaute. Beide gefror das Blut in den Adern. „Was, das ist doch…", flüsternd brach Timo sofort wieder ab.

Kannte er sie jetzt plötzlich doch? War das tatsächlich möglich, dass er plötzlich Erinnerungen aus der Zukunft empfing?

Sie befanden sich dann im Innern des Zeltes, wo Sultan Mehmed II. auf einem verzierten Stuhl saß. Er war aber nicht in seiner königlichen Montur. Neben ihm tanzten gerade zwei verschleierte Frauen mit viel Schmuck. „Was haben wir denn da?", fragte er mit kräftiger Stimme.

Konstantin verstand aber kein Wort des Sultans, nur Timo und Florian konnten das, weil der Übersetzer noch auf beide Sprachen eingestellt war. „Byzantinische Spione! Sie haben unser Lager beobachtet!", antwortete eine Wache und trat nach Timo aus, der zu Boden fiel. Die beiden Frauen hörten dann auf zu tanzen und verschwanden aus dem Zelt. „So! Der Kaiser schickt also schon seine Spione an die Reichsgrenze! Er meint, dadurch könnte er verhindern, dass ich sein noch jämmerliches Reich nicht erobere! Da ist euer Kaiser im Irrtum! Ich werde sein Reich erobern und Großes vollbringen! Das habe ich meinem Vater geschworen! Ich Mehmed II. werde das osmanische Reich erweitern und zu neuem Glanze aufsteigen lassen. Und niemand wird mich aufhalten können! Euer Kaiser hat nicht die geringste Chance gegen mein Heer! Er ist schwach und spätestens in einem Jahr fallen die Mauern von Konstantinopel und ich ziehe mit meinem Triumphzug in die Stadt ein. Und dann schlägt die zweite Geburtsstunde für das osmanische Reich. Und davon hat der Gründer Osman I. nur geträumt, denn ich werde viel mehr bewirken, als er. Ich werde auch viel mächtiger sein als er. So wahr Allah mein Zeuge ist", sagte der Sultan an.

„Was sollen wir mit den Spionen jetzt tun, eure Hoheit? Sollen wir unsere Säbel in sie rein bohren oder sollen wir sie exekutieren?", fragte einer der osmanischen Krieger, der sich schon die Hände rieb.

Der Sultan dachte dann nach. Florian und Timo wussten, was jetzt kommen würde, da sie es schon einmal durchgemacht hatten und Mehmed II. würde es auch wieder tun. Er würde sie wieder dazu bringen, dass sie sich ihm unterwerfen sollen. Er würde ihnen wieder eine Stunde Bedenkzeit geben und eine Sanduhr stellen, nur diesmal waren sie nicht alleine, denn Konstantin war bei ihnen.

„Gleich kommt es wieder", flüsterte Timo zu Florian. „Was gibt es da zu flüstern, Spion!", knurrte anschließend eine Wache und trat aus und zwar direkt in den Bauch. Japsend krachte er zu Boden und musste husten.

Endlich begann der Sultan zu sprechen und befahl ihnen: „Kniet vor mir nieder und küsst meine Füße!" Timo und Florian taten wie geheißen, nur Konstantin weigerte sich. „KNIE VOR MIR NIEDER!", bebte der Sultan und blickte zu Konstantin, der sein Gesicht verzog. „NIEMALS!", knurrte Konstantin und spuckte dem Sultan vor die Füße. „OH! NA WARTE!" Der Sultan griff schon nach seinem Säbel und

207

wollte zuschlagen. Timo und Florian gaben ihm dann schnell einen Ruck und er fiel auf die Knie. „Mach schon! Sonst tötet er dich! Wir haben einen Plan", flüsterten sie ihm zu.

Mit Ekel küsste Konstantin dann doch die Füße des Sultans. „Erhebt euch wieder! Ich habe eine Entscheidung getroffen und zwar stelle ich euch jetzt vor die Wahl! Entweder ihr schwört mir hier und jetzt auf ewig Treue, oder ich lasse euch umbringen! Ihr habt jetzt die Wahl und ich rate euch, die richtige Entscheidung zu treffen, ansonsten ist es mit euch aus. Und das wäre nur zu dumm." „Ähm, eure Hoheit. Geben Sie uns bitte noch zwei Stunden Bedenkzeit. Wir sind hier jetzt etwas überfordert und können uns nicht auf der Stelle entscheiden. Und unser Freund hier versteht Ihre Sprache leider nicht so richtig", bat Florian. „Ist das so? Und warum versteht ihr meine Sprache?", fragte dann der Sultan. „Wir haben die Sprache gelernt und verstehen wirklich jedes Wort, was Sie sagen", antwortete Timo. Mehmed II. überlegte und fuhr fort. „Gut! Ich gebe euch eine Stunde Bedenkzeit, aber dann müsst ihr alle eure Entscheidung getroffen haben. Wachen! Führt die drei bitte in ein Zelt und vergesst nicht die Sanduhr einzustellen. Wir sehen uns in einer Stunde wieder und zwar hier in meinem Zelt und dann erwarte ich eine Entscheidung von euch! Entweder ihr trefft die richtige Entscheidung oder ihr seid tot", sagte der Sultan zum Schluss.

Timo, Florian und Konstantin wurden dann zu einem äußeren Zelt gebracht und dort entkettet. Ahmed war auch dabei und drehte wieder die Sanduhr um, die dann anfing zu laufen. „In einer Stunde kommen wir wieder zurück und bringen euch zum Sultan zurück. Er ist heute irgendwie etwas gnädiger gestimmt, denn wir hätten euch gleich umgebracht, ihr dreckigen Spione! Liegt wohl daran, dass er schon so gut wie gewonnen hat", knurrte eine Wache. Anschließend waren sie aus dem Zelt entschwunden und Timo, Florian und Konstantin alleine.

Flucht aus dem Lager

„Das haben wir ja echt toll hingekriegt! Ich hätte ihm am liebsten in das Gesicht gespuckt und dann...!", fluchte Konstantin und rammte vor Zorn das Schwert in den Boden. „Keine Sorge Konstantin. Wir haben schon einen Plan", sagte dann Timo. „Wirklich ein toller Plan! Es passiert eben gerade genau das, was bei euch passiert ist, als ihr in dieser Lage wart. Aber ich will und kann dem Sultan einfach keine Treue schwören! Er ist ein Mörder und wird das ganze Reich zu seinem Reich machen, so wie ihr es mir erzählt habt. Am 29. Mai 1453 werden die Mauern von Byzanz fallen und unser Kaiser kann nichts dagegen machen. Nachdem ich das von euch jetzt weiß, würde ich am liebsten alles in Bewegung setzen, um das zu verhindern", gab Konstantin dann zu. „Nein, nein, nein! Das darfst du nicht tun. Man darf nicht in den Lauf der Geschichte eingreifen. Alles muss seinen natürlichen Lauf gehen, sonst bekommt der Faden der Zeit einen Riss", erklärte nochmals Florian. „Ich wünschte, ihr hättet mir das nicht erzählt", erwiderte Konstantin und zog sein Schwert wieder aus dem Boden und steckte es an seine Rüstung zurück. „Wir konnten dir das aber nicht weiter verheimlichen. Freunde sollten offen und ehrlich miteinander umgehen und nichts gegenseitig verheimlichen", erklärte Timo. „Wenn ich mir überlege, dass ihr mir am Anfang gar nicht vertraut habt", erinnerte sich Konstantin zurück. „Begraben wir das mal wieder. Wir gehen jetzt so vor…"

Und so besprachen sie ihren Plan, der wagemutig und auch riskant war. Nachdem ihre Bedenkzeit abgelaufen war, wurden sie von den Wachen wieder abgeholt. „Die Zeit ist abgelaufen! Der Sultan erwartet euch", sagte Ahmed mit seiner strengen Stimme.

Sie folgten Ahmed nun wieder zurück in das Zelt des Sultans, der sich in der Zwischenzeit umgezogen hatte und nun seine königlichen Sachen trug, die Timo und Florian schon kannten. Mehmed II. forderte die drei auf, sich vor ihm niederzuknien und ihm die Füße zu küssen. „Ich hasse das!", fluchte Timo heimlich. „Erhebt euch wieder", befahl Mehmed II. Anschließend faltete er seine Hände und fuhr fort. „Nun. Eure Zeit ist abgelaufen. Ich hoffe, ihr drei habt die richtige Entscheidung getroffen. Wenn nicht, dann seid ihr des Todes und das muss nicht unbedingt sein, weil ihr noch so jung seid", sagte der Sultan an. Eine Person neben dem Sultan schärfte gerade seinen Säbel und nahm ein hämisches Grinsen an.

Es herrschte dann erst mal ein Schweigen, dass dann von Konstantin unterbrochen wurde.

„NEIN!", knurrte er. „Wie war das eben gerade?", fragte der Sultan und erhob sich von seinem Thron. „NEIN! Wir schwören dem Feind keine Treue! Ich bin byzantinischer Ritter und werde es auch bleiben, genau wie meine beiden Freund auch! Ich werde mein Land nicht verraten", sagte Konstantin in strengen Worten. „Wenn das eure Entscheidung ist … Dann bleibt mir keine andere Wahl, als euch umbringen zu lassen!", knurrte der Sultan und klatschte in seine Hände. Und schon erhoben sich Ahmed und noch ein paar andere Krieger und zogen ihre Säbel. „Hier kommt ihr jetzt nicht mehr lebend heraus!", knurrte Ahmed. „Flieht! Ich versuche sie aufzuhalten!", forderte Konstantin dann. „Aber Konstantin!" „Flieht! Sie kommen! Ich komme dann später nach! Wir treffen uns wieder im byzantinischen Reich!", forderte Konstantin und zog sein Schwert. Danach stellte er sich angreifenden Osmanen, während Timo und Florian das Zelt des Sultans verließen, schnell ihre Pferde bestiegen und flohen. „HINTERHER! Sie dürfen uns nicht entkommen!", forderte Ahmed

und stürmte mit ein paar seiner Krieger hinter den beiden fliehenden Freunden her, so wie es auch vor ihrer Flucht durch die Zeit war. Aber diesmal waren die beiden zu Pferde und etwas schneller entflohen.
„Steigt auf die Pferde! Hurtig! Sie entkommen uns!", brüllte Ahmed mit erhobenem Säbel.

Seine Schergen schnappten sich Pfeil und Bogen, bewaffneten sich mit scharfen Säbeln, bestiegen die Pferde und stürmten hinter Timo und Florian her. Diese sahen die Krieger von hinten anstürmen und gaben ihren Pferden die Sporen. Die osmanischen Krieger spannten ihre Bögen und schossen damit auf Timo und Florian.

„Verdammt! Dieser Ahmed ist schon wieder mit seinen Kriegern hinter uns her! Und diesmal schießen sie mit Pfeil und Bogen auf uns!", schrie Timo. „Diesmal können wir leider nicht durch die Zeit fliehen! Jetzt heißt es aufpassen, dass der Kerl uns nicht trifft oder erwischt!", sagte Florian. Ein Pfeil rauschte an ihm vorbei und hätte sich beinahe in seinen Arm gebohrt. Und dann flog auch schon der nächste Pfeil, der beinahe seinen Helm getroffen hätte.

„Sie werden wie nasse Säcke von ihren Gäulen fallen!", knurrte ein Krieger gehässig und spannte den Bogen." „Wenn du sie nur mal treffen würdest", erwiderte der andere Krieger. „Wenn wir sie nicht erwischen, dann köpft uns der Sultan. Und das wäre gar nicht gut", erwiderte der andere Krieger.

Dort befand sich noch Konstantin und kämpfte gegen den Sultan. „Es war ein bitterer Fehler von dir, mich herauszufordern! Junge!", sagte Mehmed II. streng. Aber das verstand Konstantin leider nicht richtig und er erlag nach mehreren Schlägen dem Sultan und war schließlich tot. Mit ausgestreckten Armen lag er blutend am Boden.

Die anderen dagegen wurden immer noch verfolgt von den Kriegern des Sultans. Mehrere Male mussten sie ausweichen, um nicht getroffen zu werden. Es gelang ihnen aber dann endlich Ahmed und seine Soldaten abzuhängen und die beiden Freunde verschwanden über die Reichsgrenze.

„WIR WERDEN UNS WIEDERSEHEN! UND DANN SEID IHR TOT!", brüllte Ahmed und machte mit seinen Soldaten dann endlich kehrt.

Florian und Timo konnten nun durchatmen und sagten: „Der Typ ist und bleibt einfach brutal." „Oh oh! Verdammt!", kam es plötzlich von Florian. „Was ist denn los? Du siehst jetzt irgendwie nervös aus." „Ich bin auch nervös. Das wir Ahmed wiedersehen,

stimmt ja eigentlich auch und zwar in einem Jahr."
„Aber das ist doch noch gar nicht passiert. Vielleicht
passiert das ja auch gar nicht, wenn es uns gelingt
Tobias aus seinem Ritterleben hier zu entwenden",
beruhigte Timo. „In gewisser Weise schon, aber
dann muss es uns auch gelingen, ihn von seinem
Wahnsinn hier abzuhalten, ansonsten ändert sich
unsere Zeitreise und Ahmed tötet uns in einem Jahr
wirklich, wenn wir dem Sultan Treue schwören sollen. Auch der wird uns in einem Jahr mit Sicherheit
erkennen. Wir haben jetzt, wenn man es so sieht in
unserer eigenen Zeitreise und Mission
herumgefuscht. Das Risiko habe ich irgendwie im
Eifer des Gefechts nicht bedacht. Jetzt macht es sich
zwar noch nicht bemerkbar, aber nach einem längeren Zeitraum können die Auswirkungen für uns
spürbar werden", erklärte Florian mit ernster Miene.
„Meinst du damit, dass wir uns auflösen?", fragte
Timo nervös. „So in etwa." „Oh Shit! Ich will noch
nicht sterben!", platzte es aus Timo heraus. „Noch
haben wir Zeit, so schnell geht das auch wieder
nicht. Aber wir brauchen jetzt einen Erfolg, ansonsten sieht es wirklich düster für uns aus", beruhigte
Florian.

Timo blickte zum Horizont und hoffte auf das Auftauchen von ihrem ritterlichen Freund Konstantin, aber dieser tauchte nicht auf.

„Verdammt, wo bleibt er denn. Er hat gesagt, dass wir uns an der Grenze wieder treffen", sagte Timo noch beunruhigter. „Vielleicht war es für ihn doch nicht so leicht, wie er gedacht hat", antwortete Florian.

Sie warteten weiter, verloren dabei aber Zeit. Ihr ritterlicher Freund tauchte nach längerem Warten nicht mehr auf und da war ihnen klar, dass ihr Freund gefallen war. Beide setzten ihre Helme nun ab und senkten ihr Haupt. Anschließend, nach einer kurzen Schweigeminute setzten sie ihre Helme wieder auf und verschwanden in Richtung Konstantinopel.

„Wir hätten ihn einfach nicht alleine lassen dürfen", warf sich Timo vor. „Timo, du brauchst dir jetzt keine Vorwürfe zu machen, es ist nicht unsere schuld, dass Konstantin tot ist", versuchte Florian zu beruhigen, „er hat ganz klare Anweisungen gegeben, dass wir uns in Sicherheit bringen sollen", fuhr Florian fort. „Wir hätten aber nicht darauf eingehen dürfen, und jetzt ist unser Freund gestorben", erwiderte Timo. „Wenn wir nicht darauf eingegangen wären, dann wären wir vielleicht mit ihm zusammen gestorben. Außerdem hat Konstantin zu viel über die Zukunft gewusst, weil wir es ihm erzählt haben."

„Willst du damit sagen, dass er vielleicht nur deshalb gestorben ist?", fragte dann Timo und war etwas schockiert. „Um Gottes willen, nein! Er ist gestorben, um uns zu retten. Er hat sich mit anderen Worten für uns geopfert. Wir müssen uns jetzt darum kümmern, dass Tobias Hasenpflug hier nicht sein Leben verliert, aber dazu müssen wir erst einmal eine Möglichkeit kriegen, mit ihm Kontakt aufzunehmen", erklärte Florian. „Und die Möglichkeit haben wir jetzt gleich. Da ist er!", zeigte dann Timo. „Wenn man vom Teufel spricht. Nichts wie hin!", forderte Florian auf.

Tobias Gedächtnisschwund

Tobias war mit seiner besonderen Rüstung und seinem mit Brillanten verzierten Helm auf seinem edlen und weißen Ross unterwegs. Hinter ihm befanden sich noch vier andere Ritter. Als sie Timo und Florian auf sie zu reiten sahen, blieben sie stehen. Tobias trabte mit seinem Ross dann vor die beiden und sagte: „Grüßet euch! Ihr seid ja wieder früher zurück, als wir dachten. Der Kaiser hatte eigentlich die ausdrückliche Anweisung gegeben, dass ihr die Grenzen beider Reiche eine Woche beobachten solltet und dann erst wieder zurückkehren dürft."

Timo setzte dann seinen Helm ab. „Tobias, endlich können wir mit dir Kontakt aufnehmen. Das war echt ein hartes Stück Arbeit für uns und wir wären dabei beinahe draufgegangen!", fing Timo an.

Aber Tobias schaute dann nur zu seinen Rittern rüber. Diesen flüsterte er etwas zu. „Wo von reden die beiden denn da jetzt?" „Keine Ahnung, euer Lordschaft", erwiderte ein anderer Ritter. „Euer Lordschaft?", stellte Timo in Frage. „So ist es. Wo ist denn euer Begleiter?", fragte dann Ritter Tobias. „Er … hat es nicht geschafft", antwortete Florian. „Das ist sehr bedauernswert", kam es von Ritter Tobias zurück. „Tobias, wir sind es. Timo und Florian, deine Klassenkameraden. Wir sind hier, um dich zu retten", redete Timo rein. Tobias verschränkte anschließend seine Arme. „Sagt mal, wo von redet ihr denn jetzt schon wieder? Ich kenne weder einen Timo, noch einen Florian. Ich sehe hier nur zwei Ritter vor mir, die ihren Auftrag nicht ordnungsgemäß ausgeführt haben. Das wird euch der Kaiser noch heftig ankreiden. Und jetzt verlange ich, dass ihr mir zurück in das Schloss folgt", forderte Tobias und machte mit seinem Ross kehrt. „Der Sultan hat seine Krieger auf uns gehetzt! Wir können froh sein, dass wir noch nicht von denen zerstückelt wurden, so wie unser Freund Konstantin", erwiderte Florian. „Dann seid ihr also aufgeflogen! Das ist ja noch schlechter und Konstantin war eigentlich schon immer ein Hasenfuß. Ein sehr schlechter Ritter, der es nicht würdig war eine Ritterrüstung zu tragen." In diesem kurzen Augenblick klang wieder ihr Klassenkamerad aus Ritter Tobias heraus, aber das war nur für einen sehr kurzen Moment.

Sie folgten dann Ritter Tobias zurück. Dabei unterhielten sie sich über ihren Klassenkameraden, aber heimlich. „Das gibt's doch nicht! Er hat uns total vergessen. Er erinnert sich kein bisschen mehr an uns", fing Timo an. „Meine schlimmsten Befürchtungen sind eingetroffen. Er hat schon zu lange hier in der Zeit gelebt." „Wie meinst du das?", fragte dann Timo. „Timo, denk doch mal nach. Das habe ich dir am Anfang von unserer Mission doch schon gesagt. Tobias leidet jetzt unter Gedächtnisschwund, der durch seine Zeitreise ausgelöst wurde. Er ist kurz davor, ein Teil dieses Jahrhunderts hier zu werden und sich bei uns in der Zeit aufzulösen", erklärte Florian. „Oh Shit!" „Noch ist er noch nicht vollständig zu einem Teil dieser Zeit geworden, sagen wir es mal so. Er ist zu 70% Ritter Tobias und zu 30% Tobias Hasenpflug. Noch haben wir eine Chance", fuhr Florian fort. „Und wie sollen wir jetzt an den echten Tobias herankommen, der unserer Erinnerung entspricht? Er kennt uns noch nicht mal mehr", fragte Timo.

Ritter Tobias blieb anschließend stehen und drehte sich zu Timo und Florian um. „Über was quatscht ihr denn da so?", fragte er.

221

„Ähm, wir unterhalten uns miteinander und finden, dass deine Bande um einiges größer geworden ist. Nicht zu vergleichen mit deinen alten Freunden bei uns in der Schule. Du bist einfach nur der Typ dazu, ein toller Anführer zu sein. Du bist groß und kräftig", antwortete Timo und versuchte Tobias Gedächtnis zu aktivieren. „Ich bin dazu geboren, ein guter Anführer zu sein. Das ist meine Bestimmung", sagte dann Tobias. „Oh ja, das bist du, um eine Bande von Schlägern anzuführen." Dies nahm Ritter Tobias jetzt aber übel. „Du wagst es!", platzte es plötzlich aus ihm heraus und er blickte Timo direkt in das Gesicht. Dabei dämmerte es ihm plötzlich.

„Moment mal. Irgendwie kommt mir etwas an deinem Gesicht sehr vertraut vor. Haben … wir uns … vielleicht schon mal gesehen?", fragte er dann. „Ja! Ja, haben wir. Ich bin es, Timo Schwarz. Ich bin der Junge, den du immer als Geschichtsfreak abgestempelt hast. Ich bin der Junge, wegen dem du 4 Wochen im Krankenhaus gelegen hast und mit dem du dich dann angefreundet hast. Und ich bin auch der Junge, dem du dieses Leben hier als Ritter zu verdanken hast, dass ein ganz übler Unfall war weil du mit meiner Zeitreiseuhr herumgespielt hast - obwohl ich dich davor gewarnt habe", erklärte Timo. „Timo? Du bist es…" Aber dann war sein Gedankenblitz wieder vorbei. „Euer Lordschaft, wir sollten langsam mal weiter reiten. Wir sollen bis heute Abend wieder bei Kaiser Konstantin XI. sein. Er verlässt sich voll und ganz auf dich", wies einer seiner Ritter darauf hin. Anschließend drehte sich Tobias mit seinem Schimmel wieder um und verlor den Blickkontakt zu Timo.

„Verdammt! Ich hatte ihn eben gerade soweit und dann mischen sich diese blöden Ritter ein!", ärgerte sich Timo. „Wir müssen ihn erwischen, wenn er allein ist", fuhr Timo fort. „Das wird aber nicht so einfach, weil er ein sehr beschäftigter Ritter ist. Du hast es doch eben gerade gehört. Der Kaiser verlässt sich voll und ganz auf seine Dienste. Das ist echt schlecht", erwiderte Florian.

In diesem Augenblick wurde Timo schummerig und er fiel von seinem Pferd runter. „TIMO!", schrie Florian und sprang von seinem Ross runter. „Was ist denn da los?", fragte einer von Tobias Rittern. Tobias drehte um und trabte zu Timo und Florian. „Was ist passiert?", fragte Ritter Tobias. „Ich … weiß es nicht. Er ist ganz plötzlich von seinem Pferd gefallen und ich fühle mich auch nicht so besonders gut", antwortete Florian und wurde ebenfalls ohnmächtig. Auch Tobias merkte dann ein kleines

Schwindelgefühl. „Euer Lordschaft!", sagte einer seiner Ritter dann und bekam Panik. „Es … geht schon wieder. Das … war eben ein echt komisches Gefühl", sagte er anschließend. „Nicht, dass die beiden sich irgendeine Krankheit da unten geholt haben und Euch jetzt angesteckt haben."

Timo kam aber dann wieder langsam zu sich, so auch Florian. „Ist mit euch wieder alles in Ordnung?", fragte Ritter Tobias. „Ja, alles wieder in Ordnung. Das … war eben gerade ein total merkwürdiges Gefühl. Mir … wurde plötzlich schwarz vor Augen." „Mir irgendwie auch", erwiderte Tobias.

Die Zeit wird knapp

„Dieser Schwächeanfall eben gerade hat nichts Gutes zu bedeuten. Das zeigt, dass wir uns bald auflösen werden", sagte Florian in ernsten Worten. „Tobias hat aber irgendwie genau das Gleiche gespürt", erwiderte Timo. „Wir stammen ja auch aus dem gleichen Jahrhundert und so langsam läuft uns echt die Zeit davon. Wir gehören hier nicht in das Jahrhundert und Tobias auch nicht. Der Zeitstrahl bekommt schon langsam einen Knick und bald wird es uns nicht mehr geben", erklärte Florian mit ernster Miene. „Ich habe echt Angst." „Nicht nur du, ich auch. Wir müssen jetzt erfolgreich sein, sonst sind wir beide auch aus der Zeit ausradiert", warnte Florian. „Einen kleinen Schritt sind wir ja schon vorangekommen. Wir konnten endlich mit Tobias sprechen und er hat sich ja dann auch an mich erinnert, bis dieser blöde Ritter ihn wieder weggeholt hat. Wir müssen ihn jetzt nur noch davon überzeugen, dass dieses ritterliche Leben sein Tod ist und er nicht hier in diese Zeit gehört", sagte Timo. „Und das ist ja gerade das, was schwierig wird. Er liebt dieses Leben als Ritter und der Kaiser benötigt ihn dringend. Wir müssen unbedingt in Erfahrung bringen, wie er hier zum Ritter geworden ist und wann sein jüngeres Ich hier aufgetaucht ist. Das ist die einzige Möglichkeit, die wir noch haben um uns und Tobias zu retten", erklärte Florian. „Und dazu müssen wir ihn unter sechs Augen sprechen", erwiderte Timo. „Aber die Zeit wird wirklich sehr knapp. Jede Minute ist jetzt kostbar. Und jede Minute, die wir hier verlieren bringt uns dem sicheren Tod ein Stück näher."

Vor Kaiser Konstantin XI.

Sie befanden sich dann wieder auf dem kaiserlichen Grundstück. Dort sattelten sie ihre Pferde ab und als das geschehen war, wurden die Pferde von anderen Rittern weggebracht. Danach betraten sie den kaiserlichen Palast, wo Konstantin XI. auf sie mit kaiserlichem Umhang zu geschlendert kam.

„Ihr seid wieder viel zu früh zurück! Ich hatte euch dazu beordert, dass ihr eine Woche die Grenzen zu unserem Reich überwacht! Das war von mir eine klare Anweisung! Ich möchte dazu von euch eine gute Erklärung haben, warum ihr jetzt früher zurück seid."

Der Kaiser blickte nach vorne und wartete auf Konstantin, der aber nicht auftauchte. „Und wo ist dieser Konstantin geblieben? Ist er etwa noch da unten an der Grenze? Habt ihr ihn alleine gelassen?", fragte der Kaiser und seine Stimme bebte.

Timo setzte dann seinen Helm ab. Als der Kaiser dann sein Gesicht sah, wusste er, wer jetzt vor ihnen stand. „Was! Ihr seid das?! Ihr seid also die beiden Ritter! Ich hatte euch doch vor vier Jahren in das

Verlies sperren lassen und zum Tode verurteilt! Wie konntet ihr aus dem Verlies entkommen und so dann untertauchen!", bebte der Kaiser. „Eure Majestät! Bitte hören Sie uns an. Sie hatten uns vor vier Jahren zu Unrecht in das Verlies gesperrt! Sie haben uns niemals richtig zu Wort kommen lassen und den Lügen ihrer drei treuen Ritter Glauben geschenkt! Die wollten uns nur aus dem Weg räumen und das hätten sie vor ein paar Tagen fast geschafft, wenn nicht die Wachen zur Hilfe gekommen wären. Und was Konstantin betrifft, er hat sich für uns geopfert und ist gestorben. Er war wirklich ein sehr treuer Freund. Möge er in Frieden ruhen. Ihm hatten wir es zu verdanken, dass wir aus dem Verlies entkommen sind und er hat uns dann zu Rittern gemacht und zwar im Verborgenen. Und dann sind wir aus dem Untergrund wieder aufgetaucht, um Ihnen zu helfen", erzählte Timo und erfand einige Aspekte. Anschließend verbeugte er sich vor dem Kaiser und Florian tat es ihm nach.

Der Kaiser erhob dann wieder das Wort. „Also gut, hiermit hebe ich eure Verurteilung wieder auf. Und was die Ritter Alfred, Siegfried und Fredo betrifft. Über den Vorfall wusste ich schon Bescheid und habe dementsprechend gehandelt und sie ihrer Dienste enthoben. Aber was ich nicht wusste war, dass ihr das wart, die sie da illegal hinrichten wollten", sagte der Kaiser an.

„Eure Majestät, an den Reichsgrenzen sammeln sich sehr viele Osmanen. Ich denke mir, dass sie bald ausscheren werden um die Stadt anzugreifen", erhob ein anderer Ritter plötzlich das Wort. „Dann bleibt mir keine andere Wahl, als meine Ritter und Truppen zu versammeln und zum Gegenschlag auszuholen. Ich werde sofort Ritter Tobias benachrichtigen", sagte der Kaiser und stand von seinem Thron auf. „Eure Majestät! Warten Sie. Wir müssen noch mal dringend mit Ritter Tobias sprechen. Es ist wirklich sehr wichtig", erhob Timo das Wort. „Und was müsst ihr Wichtiges mit meinem besten Ritter besprechen?", fragte dann der Kaiser. „Es geht um die hervorstehende Schlacht", antwortete Florian. „Gestattet", sagte schließlich der Kaiser und verschwand.

Jetzt hatten Florian und Timo endlich die Chance, mit Tobias zu sprechen und in Erfahrung zu bringen, wie und wann er ein Leben als Ritter begonnen hat. Aber als sie bei ihm ankamen, wollte er schon aufbrechen.

Tobias Sturheit

„Tobias warte! Wir müssen dir noch etwas ganz Wichtiges sagen!", schrie Timo. „Oh, hallo Timo. Ich habe jetzt keine Zeit für irgendwelche Schwätzchen, der Kaiser benötigt mich", sagte Ritter Tobias und schwang sich auf seinen weißen Schimmel. „Es geht aber um dein Leben und deine Zukunft. Du wirst hier in einem Jahr sterben, wenn du weiter im Dienst des Kaisers kämpfst!" „Na und! Das ist meine Verpflichtung und Bestimmung für meinen Kaiser und das Reich hier zu sterben", sagte Tobias wieder verfremdend. „Du gehörst hier aber nicht her!" „Ich … gehöre sehr wohl hierher! Und jetzt muss ich weg. Lebt wohl", sagte Ritter Tobias. „Das werden wir aber nicht zulassen. Du bist immer noch unser Klassenkamerad Tobias Hasenpflug und kein byzantinischer Ritter. Du gehörst wie wir in das Jahr 2015 und dorthin werden wir dich wieder mitnehmen", sagte Timo streng. „Vergesst es! Ich werde nie wieder in das Jahr 2015 zurückkehren! Mir gefällt das Leben als Ritter und Krieger des Kaisers. Hier … kann ich wenigstens ein Held sein und die Osmanen niedermetzeln und dann in die Geschichte eingehen! Und das lass ich mir nicht nehmen!", sagte Tobias stur und klang wieder wie ihr Klassenkamerad. „Du bist sowas von stur! Deine Sturheit wird dich hier um Kopf und Kragen bringen! Das ist hier keines deiner Videospiele, die du so gerne spielst oder gespielt hast! Das ist bitterer Ernst! Du wirst zwar an der Seite des Kaisers in der Schlacht von Konstantinopel am 29. Mai 1453 kämpfen, aber dabei wird ein Pfeil deine Rüstung durchbohren, du wirst von deinem Schimmel stürzen und dann mit einem Schwert erstochen. Wir haben das mit eigenen Augen gesehen und das wollen wir verhindern", erklärte Timo. „Dann sterbe ich halt für den Kaiser! Das ist mir egal, aber wenigstens kann ich in einer echten Schlacht mitkämpfen und etwas bewirken. Außerdem bin ich schon seit 7 Jahren hier und das hat mir in keiner Weise geschadet. Im Gegenteil. Dieses Leben hat mir einfach gefallen und es wird mir auch weiterhin gefallen. Und jetzt lebt wohl!", verabschiedete sich Tobias und ritt mit seinem Schimmel davon. „Warte! Wie bist du überhaupt zum Ritter geworden?!", rief Timo noch hinterher. „Ich war verletzt und wurde gefunden!", antwortete Ritter Tobias und war dann verschwunden. „Er ist total stur! Das hat sich überhaupt nicht an ihm verändert."

„Verdammt!", fluchte Florian und schmiss einen Stein auf. „Haben wir schon wieder versagt? Werden wir uns jetzt auch bald vollständig auflösen?", fragte Timo nervös.

In diesem Moment bekamen beide wieder einen Schwächeanfall und brachen zu Boden. Beide waren wie gelähmt und konnten sich nicht bewegen und zwar eine längere Zeit. Sie konnten spüren, wie sich ein Säbel in ihr Herz bohrte, aber es war eigentlich gar kein Säbel da. Aber sie konnten es fühlen und sahen vor ihrem geistigen Auge, wie Ahmed seinen Säbel zurücksteckte und sie am Boden lagen, regungslos und tot. Dieses Bild blieb einen Moment da und verschwand dann wieder. Danach kamen sie wieder langsam zu sich. „Was ... war das eben gerade? Ich ... habe gespürt ... wie sich ein Säbel in mein Herz gebohrt hat", wunderte sich Timo. „Ich ... auch. Er ... hat uns ... getötet. Ich habe es ganz deutlich gespürt. Ahmed hat uns in dieser Vision getötet", sagte Florian und seine Stimme klang dabei sehr ernst und besorgt. „Aber ... wir sind doch gar nicht tot." „Noch nicht, aber bald, wenn wir Tobias nicht zurück in das Jahr 2015 bringen. Dann könnte diese Vision wahr werden. Die einzige Chance, die Zeit wieder in Ordnung zu bringen ist Tobias von seinem Wahnsinn abzuhalten. Er darf seine Ausbildung zum Ritter nicht beginnen, das heißt wir müssen ihn abfangen, bevor er von den Rittern gefunden wird und in das Schloss gebracht wird. Wenn wir das schaffen, werden wir Ahmed und dem Sultan gar nicht begegnen", erklärte Florian. „Bedeutet das dann auch, dass diese Erlebnisse aus unserem Gedächtnis gelöscht werden?", fragte dann Timo. „Das, weiß ich nicht so genau. Es kann sein, dass diese Erlebnisse in unserem Hinterkopf abgespeichert bleiben. Es kann aber auch sein, dass wir diesen Teil unseres Abenteuers vollständig bzw. Bruchstücke davon vergessen werden", antwortete Florian. „Wenn wir das Abenteuer vergessen würden, wäre das nicht so toll", erwiderte Timo.

Florian tippte dann in seine Zeitreiseuhr ein anderes Jahr ein und zwar das Jahr 1445.

Dort hatten sie schließlich auch beim letzten Mal die Zeitreiseuhr von Timo gefunden, welche im Schuppen mit den ausgedienten Ritterrüstungen gelegen hatte.

Anschließend packte er Timos Arm und betätigte den grünen Knopf der Zeitreiseuhr. Danach verschwamm das kaiserliche Grundstück von 1452 und machte Platz für das Grundstück, wie es im Jahr 1445 ausgesehen hatte.

Die Rettung

Konstantinopel, kaiserliches Grundstück von Kaiser Johannes VIII. 1445:

Timo und Florian tauchten dann auf dem kaiserlichen Grundstück von Kaiser Johannes VIII. auf. Sie befanden sich aber dann ausgerechnet an einer Stelle, wo die drei Ritter Siegfried, Alfred und Fredo Schmiere standen. Sofort sprangen Timo und Florian in die nächstgelegenen Büsche.

„**Verdammt!** Da sind unsere drei Freunde!", fluchte Timo. „Ich habe sie gesehen. Ich denke mir, dass das auch genau diese drei Ritter sind, die Tobias finden werden", erwiderte Florian. „Fragt sich nur, wann er hier auftaucht. Das wissen wir leider nicht und das könnte unser Ende besiegeln."

In diesem Moment lauschten die drei Ritter auf und sagten: „Hey Siegfried, hast du das eben gerade gehört?", fragte Alfred. „Ja, ich habe es gehört. Ich schätze mal, unsere beiden Freunde schleichen hier wieder auf dem Grundstück herum, obwohl sie vom Kaiser ausdrücklich verwarnt wurden", bestätigte Siegfried. Fredo zog sein Schwert und sagte dann:

„Los! Machen wir sie fertig!" „Einen Moment! Wir dürfen unseren Posten nicht verlassen", erinnerte Alfred. „Wenn sich Eindringlinge auf dem kaiserlichen Grundstück befinden, dann dürfen wir unseren Posten verlassen", sagte Siegfried. „Schnappen wir sie uns und dann sind sie erledigt", sagten alle drei zusammen und zogen ihre Schwerter. Danach verließen sie ihren Posten und begaben sich auf die Suche nach den Eindringlingen, die Timo und Florian waren.

Diese blieben weiterhin im Verborgenen und kämpften sich durch den kaiserlichen Garten. „Wenn die uns erwischen, sind wir erledigt", sagte Timo. „Deshalb dürfen sie uns gar nicht erst erwischen", erwiderte Florian.

Die drei Ritter befanden sich weiterhin auf der Pirsch und schauten sich auch in den Büschen um. Beinahe hätten sie sie einmal erwischt.

„HEY! Kommt aus eurem verdammten Versteck raus! Wir wissen, dass ihr euch wieder auf dem Grundstück herumtreibt! Stellt euch!", knurrte Siegfried. Sie schlugen sogar mit ihren Schwertern in die Büsche rein und zerstörten einige davon. „Das wird dem Kaiser aber gar nicht erfreuen", sagte Fredo. „Das sind doch bloß Büsche! Wir müssen die beiden

235

Knaben erwischen! Das ist jetzt viel wichtiger", kam es dann von Siegfried zurück.

Timo und Florian krabbelten weiterhin durch das Dickicht und näherten sich langsam dem Schuppen, in dem sich die Ritterrüstungen befanden. Dort befanden sich aber leider auch schon Ritter Siegfried mit seinen beiden Begleitern.

„Oh nein! Was machen wir jetzt? Wie sollen wir jetzt verhindern, dass Tobias von denen gefunden wird?", fragte Timo und ihm lief plötzlich der Schweiß.

Und schon bekamen beide wieder einen Schwäche-anfall, plus die Vision von Ahmed, nur diesmal war diese klarer und sie merkten einen stechenden Schmerz. Dabei konnten sie dann sogar sehen, wie ihr Körper langsam durchsichtig wurde.

Als beide wieder zu sich kamen, war ihnen erst einmal schwindelig. Sie wussten jetzt auch nicht so genau, wie lange sie weggetreten waren, denn als sie zum Schuppen schauten, waren Siegfried, Alfred und Fredo entschwunden, so schien es.

„Sie ... sind weg." „Und ... wir auch bald", sagte Florian und zeigte seinen Arm, der etwas leicht durchsichtig war und dann langsam wieder klarer wurde. „Oh Shit!", fluchte Timo. „Es kann sich nur noch um Minuten handeln, bis wir uns richtig auflösen", erklärte Florian. „Unsere ritterlichen Freunde sind weg. Ich denke mir, sie haben Tobias gefunden und ihn in das Schloss gebracht", vermutete Timo. „Das wäre dann wirklich schlecht. Lasst uns in den Schuppen schauen, ob dort deine Zeitreiseuhr liegt. Wenn sie dort liegt, sind wir erledigt und wenn sie dort nicht liegt, dann haben wir noch eine Chance", sagte Florian.

Sie gingen dann zum Schuppen und dort erwartete sie eine üble Überraschung. „ERWISCHT! Ihr elenden Eindringlinge! Wir wussten doch, dass ihr euch hier wieder herumtreibt!", knurrte Siegfried und zog sein Schwert. „Siegfried!", knurrten Timo und Florian. „Genau der! Ihr wolltet wohl den Kaiser bestehlen und das mit eurem angeblichen Freund sollte nur als Ablenkungsmanöver dienen!" Florian nahm sich dann ein Schwert und zeigte damit auf den großen Ritter.

„Du bist wohl richtig erpicht darauf, dein Leben zu verlieren!", knurrte Ritter Siegfried. „Ich habe keine Angst vor dir!", sagte Florian übermütig. „Tue es nicht! Du weißt doch … unsere Schwächeanfälle durch die Zeitreise", warnte Timo.

Aber Florian fing sich dann an mit Ritter Siegfried zu duellieren. Schwerter prallten aufeinander und beide tänzelten herum. Immer wieder blitzte eine Klinge auf. „Du bist nicht schlecht Junge, aber ICH bin viel besser!", zischte Siegfried und schlug Florians Schwert aus der Hand und dieser war leider wieder unbewaffnet.

„Verdammt!", fluchte Florian und fiel auf die Knie. „Das … kannst du laut sagen, du Früchtchen! Und jetzt beenden wir es!", knurrte Siegfried und stellte sich wieder in Kampfstellung auf.

In diesem Moment hörte man im Schuppen einen Knall. Es hörte sich so an, als wäre dort eine Person gelandet.

„Was zum Teufel war das?!", fragte sich dann Siegfried. Timo wusste, wer es war und er nahm sofort die Beine in die Hand um in Richtung Schuppen zu rennen. Wären da aber nicht die Schwächeanfälle, die durch das Herumfuschen in der Zeit entstanden waren. Immer wieder bekam Timo jetzt einen solchen Anfall und genauso erging es auch Florian. „Was ist denn jetzt auf einmal los mit euch? Ihr schwächelt ja plötzlich beide. Ist es euch etwa zu heiß?", fragte Siegfried und grinste hämisch.

Florian und Timo nahmen die letzten Kraftreserven zusammen, die sie noch besaßen. Ihre Haut war schon durchsichtig und sie würden sich bald vollständig im Nichts auflösen.

Als sie endlich den Schuppen erreichten, ging Timos Hand langsam zum Riegel und er öffnete die Tür und dort drinnen war Tobias Hasenpflug und zwar der Tobias, der ihr Klassenkamerad war.

„Wo … wo kommt der denn auf einmal her?", fragte sich Siegfried. Aber bevor er sich versah, waren Tobias, Timo und Florian durch die Zeit entschwunden und das war noch rechtzeitig geschehen, denn wenn es noch länger gedauert hätte, wären Tobias, Timo und Florian von der Zeit ausgelöscht worden.

„Was zum Teufel ist hier los? Eben waren sie noch da und jetzt haben sie sich irgendwie im Nichts aufgelöst", wunderte sich dann Siegfried. Er rannte dann mit klappernder Rüstung davon.

Zurück im Jahr 2015

Florians Zimmer 2015:

Florian, Tobias und Florian tauchten dann in Florians Zimmer auf und landeten auf dem Bett. Tobias war noch in der Ritterrüstung, die er sich übergezogen hatte und war verletzt. Sein Arm blutete sehr heftig und das würde für Tobias wieder Krankenhaus bedeuten.

„Wir … haben es geschafft!", jubelte Timo und blickte auf seinen Arm, der wieder normal war. „So etwas … darf uns nie wieder passieren, wenn wir auf weitere Zeitreisen gehen", sagte Florian. Anschließend meldete sich Tobias zu Wort. „Timo, Florian. Woher … wusstet ihr, dass ich in diesem Jahr auftauche?", fragte dann Tobias. „Sagen wir es mal so, wir hatten da so ein bestimmtes Gefühl", antwortete Timo. „Diese … Erfindung … ist einfach nur abgefahren! In dieser Art und Weise … würde mir sogar Geschichtsunterricht gefallen … wenn man Geschichte hautnah … erleben kann", sagte Tobias, aber seine Stimme war vor Schmerzen verzerrt. „Ich denke mir, wir sollten eine Ambulanz aufsuchen, damit deine Verletzung behandelt wird", erwiderte Timo.

Tobias musste leider aufgrund seiner Schnittverletzung, so hatten Timo und Florian es im Krankenhaus gesagt, wieder im Krankenhaus bleiben. So wurde es auch seinen Eltern und in der Schule gesagt. Sie konnten ja nicht sagen, dass die Verletzung von einem Schwert aus dem Mittelalter stammte.

Florian und Timo befanden sich zuhause und hatten ihre Zeitreiseuhren nach dem Abenteuer nicht mehr angerührt. Stattdessen saßen sie vor dem Bildschirm des Computers und lasen über Kaiser Justinian I. den sie eigentlich am Anfang noch voller Begeisterung besuchen wollten, aber die Umstände ließen das irgendwie nicht mehr zu.

„Sollten wir nicht doch lieber unsere Zeitreiseuhren benutzen und zu Kaiser Justinian I. reisen, so wie wir es eigentlich am Anfang geplant hatten?", fragte Timo. „Tue dir keinen Zwang an. Hier ist deine Zeitreiseuhr, ziehe sie an und besuche den Kaiser, aber ohne mich", antwortete Florian und klang müde. „Was ist denn so plötzlich los mit dir? Sonst warst du doch so erpicht darauf, mit mir durch die Zeit zu reisen." „Was los ist? Ich sage dir, was los ist. Ich habe einfach erst mal die Nase voll vom byzantinischen Reich. Und ich möchte es in nächster Zeit auch nicht mehr sehen. Diese Zeitreise hat mich echt ausgelaugt. Ich bin fix und fertig. Wir können froh sein, dass wir dort nicht gestorben sind", antwortete Florian. „Mal so eine andere Frage. Willst du denn überhaupt noch auf Zeitreisen gehen, nachdem wir uns fast in der Vergangenheit aufgelöst hatten?", fragte Timo und legte seinen Block beiseite. „Jein", antwortete Florian. „Jein?" „Ja und auch nein. Ich muss mir das erst mal durch den Kopf gehen lassen. Wir haben es beide am eigenen Leib erlebt, was passieren kann. Und ich möchte, dass so etwas nicht mehr vorkommt. Und dieses Risiko besteht immer und immer wieder, wenn wir auf Zeitreise gehen", erklärte Florian. „Also willst du mit anderen Worten keine Zeitreisen mehr unternehmen", dachte Timo und wurde innerlich traurig. „Vorerst nicht, aber du kannst ja gerne direkt zu einer nächsten Reise aufbrechen. Du kannst sogar gerne alleine zu Justinian I. reisen und ihn interviewen. Wie gesagt, hier ist deine Uhr, ziehe sie an und dann kannst du deine Reise antreten. Aber ich bin dann diesmal nicht dabei", sagte Florian dann. „Mann, das ist aber echt doof", stöhnte Timo. „Es kann uns auch nicht schaden, wenn wir diesen Aufgabenteil auf eine natürliche Art und Weise lösen, ohne durch die Zeit zu reisen", erklärte Florian.

„Okay, dann reisen wir halt nicht mehr zu Kaiser Justinian I. Ich finde das jetzt halt schade, weil mir die Zeitreisen einfach nur Spaß machen, auch wenn wir bei dieser Reise fast draufgegangen wären. So etwas muss ja nicht wieder passieren", ermutigte Timo. „Ich habe ja nicht gesagt, dass wir gar keine Zeitreisen mehr machen. Ich brauche jetzt nur nach dieser harten Reise einfach erst mal meine Ruhe. Abschalten und Tee trinken. Ich muss das erst mal verdauen, was wir alles erlebt haben. Mich wundert es sowieso, dass wir doch nichts von unserer Reise vergessen haben", erklärte Florian.

„Ist doch gut, dass wir das nicht vergessen haben. Das wäre nämlich echt blöd gewesen", erwiderte Timo.

Florian legte dann seinen Arm um Timo und sagte: „Keine Sorge Timo. Wir machen wieder eine Zeitreise oder mehrere Zeitreisen, sonst hätte ich unsere Zeitreiseuhren ja nicht erfunden. Nur jetzt habe ich erst einmal genug. Gib mir vier oder fünf Tage, dann bin ich auch wieder so gut wie neu und wieder zu einer Zeitreise bereit. Aber jetzt möchte ich erst einmal ausspannen", beruhigte Florian. „In Ordnung, dann machen wir das so. Wir haben ja alle Zeit der Welt zur Verfügung", sagte dann Timo und tippte auf seine Zeitreiseuhr.

Beide wendeten sich dann wieder ihrer Schulaufgabe zu, aber die nächste Zeitreise würde auch bald wieder anstehen.

Ende des dritten Kapitels

Ende

CPSIA information can be obtained
at www.ICGtesting.com
Printed in the USA
LVHW020027250521
688313LV00018B/1599